黄砂ふる街

森　真吾

海鳥社

挿画・題字　久冨正美

黄砂ふる街◉目次

黄砂ふる街

オンクロ・モリの散歩道

落ち穂拾い

黄砂ふる街

＊以下は『博多のうわさ』（雑誌うわさ社）掲載

黄砂ふる街

生まれも育ちも福岡市内で、兵隊の時も学生の時をも含めて、九州の地を二週間以上留守にしたことがない。「行かず東京弁」の苦労をあきらめて、八重洲口でも羽田でも博多言葉丸出しと居直ることにしている。戦争中初めての上京でお会いした小学校の恩師から、「懐かしい九州弁を聞いて嬉しかった」との便りを頂いてからのことである。随分苦労して上手に標準語で通したつもりだったのだ。

三年前の秋、友好都市中国・広州市訪問団にお供した時、最初の飯店（ホテル）で、博多風の「味噌汁」が出されたことがある。味付けも、豆腐の固さも柔らかさも、毎朝馴染んでいる博多の味噌汁そのものの味だった。「食は広州に在り」と天下に誇る広東料理の本場ではあるし意外に思い、「わざわざ私たち福岡の客のため、博多の味付けを学習・工夫したものか」と尋ねたくらい。いわゆる中華風の味ではない。

「いや、広州の味がこれ。南甜《ナンテイエン》と言って甘く、あっさりしたのが南方料理の命だ」

桂林風景（1979年10月）

と聞かされたのには、あの赤茶けた味噌汁のどこが良くて押し頂く江戸の連中より、こちらのほうが味覚的に親類だと感動した。豆腐の広東語も北京語発音とイントネーションが少し違って、むかし博多の街をラッパを吹きながら「トーフー」と売っていた、あの発音と全く同じなのさえ嬉しく思った。

他郷で暮らしたことがないので、例えば正月の雑煮餅が丸いことを知らぬ日本人が、関ケ原の向こう側に棲んでいるのをつい最近まで知らなかった。で、その掌で丸めるという餅は直径何センチぐらいに仕上げるのか、と転勤族の記者君に取材されて唖然とした。餅は丸いから餅ではないか、満月を〝望《もち》月《づき》〟と言うではないか！

物の本で調べて、文化果つる所、東京周辺をはじめ東のほうに四角い餅で正月を祝う風習が結構多いことを知る。仮に名付けてこちらを「丸餅雑煮文化圏」、ノーベル賞受賞の先生方が東大からでなく京都のほうに多いのも、この頭の良くなる丸い餅のせいだと考えることにする。

これほどの郷土自慢の持ち主が、時として憮然たる思いをさせられることがある。井の中の蛙の私より、もっと酷い蛙と話す時である。

「博多ッ子」と呼ぶのはなんだか浮薄軽佻な江戸ッ子の亜流みたいで嫌いだ、「博多ンもん」と言うべきだ、と主張なさる古老の方に感心して、そのことをエッセイに書いたら、たちまち博多のオイさん（複数、前述の古老を除く）に叱られた。「あんた、那珂川の西の生まれじゃろ。博多ンもんたぁブベツ（侮蔑？）の言葉ばぃ。『博多のもの』と言うてもらわにゃあ！」と決め付けられた。旧城下町の福岡部で育ったばかりに博多古老の口癖を正確に聞き取れなかったのなら修行不足を恥じるが、こんな時まで「那珂川の西の生まれじゃろ」と言われては往生する。

転勤・転入などで、後から来られた方々のほうが、すんなり見事に当地の生活文化を楽しんでおられるのに、西側の城下町で生まれて育ったばかりに山笠にはかたせて（加えて）もらえん、箱崎の放生会は、遠か所の賑わいで、電車に乗ってきた「よそもん」として父親の袂をしっかり握って連れていってもらった思い、指をくわえて見ていた三つ子の心情が、今に説明できぬ遠慮として残っている。

ほんの四百年足らず前、徳川軍事政権に任命されたこの地区駐在軍政司令官が、勝手に自分の出身地名を携えてきて以来のわが福岡の地名は、長いわが郷土史から見れば、ほんの最近のネーミングにすぎない。那珂川と石堂川の間の非生産的な場所だけを金科玉条のように「博多」と呼んで、孤高を楽しまれるのもよかろうが、有史以前から、東アジア大陸から決まって訪れる春を告げる使者、黄砂の舞うこの美しい湾一体が、どの漢字を当てていたにせよ「ハカタ」であったはず。

岩手と青森の県境に東北本線の急行が止まる「立ち食い蕎麦」のうまい駅があって、これが北福岡駅。旧雑餉隈が改名した南福岡駅を隔たること約一八〇〇キロ。「フクオカはどうした南北に長か街かいな！」では、冗談も上等なほうではない。

それで、旅行先では、生まれ在所にいる時よりも気兼ねなく「博多から来ました」と名乗ることにしている。そして付け加える拙句が一つ……。

黄砂ふる街倭人伝の昔から

（一九八二年初夏）

大正生まれ

振り返る君も大正やや猫背

十年も前の川柳句帖に残る拙句だが、今年の寅で大正生まれは全員還暦のハードルを越す。明治には頭を押さえられ、昭和には突き上げられて、戦前・戦中・戦後と、とにかく還暦まで生き抜いてきた大正、それも二けた生まれの同学諸君に改めての連帯感を覚えている。「人生二十五年」の合言葉（！）は、今完全に死語で、それまで命を落としても悔いぬとした人生哲学、すべての価値観が百八十度逆転することがあると知ったのが二十《はたち》歳前後という残酷、今考えて慄然《りつぜん》とする。

学業半ばの勤労動員、学徒出陣さらには焼け跡闇市時代、前代未聞の混乱を青年期に身をもって体験した。何事も中途半端な世代で、しかも戦場から還らぬ友人たちへの「うしろめたさ」を常に背負ってきた。気が付いた時は、新しい時代思潮。人生哲学を身につけた後輩たちがエスカレーターで追い越してゆく。それを横目で見ながらの愛宕様の石段登りは無念であった。

この屈折した思いや挫折感の連続が「万事は自分の思うようにはならぬもの」というわれわれ世代共通の人生哲学で、自分の意見が何の反対もなくすんなり受け入れられると、まず驚いて、次に「これで良かったのか」と気味悪くさえ思う習性は今に抜けきらない。

その自信のなさが、先輩には絶対服従だが後輩には妙に物分かりのよさを示して先輩面ができず、例のワカランチン学生どもに「君たちの言うことはよく分かる」など、「旧い」と言われるのが一番怖いという恥ずべき処世術も身につけた。今日の問題の多すぎる幼児・青少年教育の面でも、その両親たちを育ててきた世代としての責任を痛感する。

以上が福岡文化連盟の新年初会合がお開きになった後、何となく帰りそびれた詩の黒田達也、川柳の大場可公、それにコラムニストの相羽堯の諸氏とお互いに顔を見合わせながら、「いずれも大正二桁生まれ、われわれは何故か、いつもこうして取り残されるなあ」から始まった新春放談のあらましである。

だがな。前後左右にいつも気を遣い、マルかペケかと聞かれたら、決まってその真ん中のサンカクだと答えてきたオレたちだが、ここらで一つ、全員還暦を機に、その稀有の体験から得たものを後々の者に残す「語り部」の役割を果たそうではないか、その使命感はある……ということになった。

そこで私の発言……。

諸君、知ってござァですか。あのマリリン・モンローが一九二六（大正十五）年の生まれ、私の一級下（もちろんアメリカの見知らぬ小学校の）だ。彼女こそ、それまでの美意識、道徳観、価値観のあの時期での決定的な脱皮・転換をわれわれに具体的に教えてくれた、いわば時代の申し子、戦後世界規模での美意識革命のシンボルだ。その世界を驚倒させた新しいエロチシズムは、今日のスッポンポンのブラック・エロと違い、通気孔から噴き上げる風に身をよじってスカートを押さえるあのポーズ、その健康で慎ましやかな姿態のマリリンだからこそ、同世代の私たち男の胸を打つ。

あの不幸がなかったら、マリリン今年は六十歳の還暦。一九六二（生まれ年の逆の数字だから覚えやすい）年に花の生涯を閉じたからこそ良かった。三十六歳のままだから、モンロー神話が今に生きている。

八月五日がその命日、誰に呼び掛けるわけでもなく、密かに名付けて「モンロー忌」、冥福を祈ることにしている。因みにこの日はヒロシマ被爆の前日、お逮夜《たいや》にあたる。すべての価値観、人生観の大転換を決定づけた日付でもある。短くもない我々世代のライフ・サイクルがこの時点で受けたカルチュア・ショックと無縁ではあり得ない。

この種の思いないし感傷は私だけのものと思っていたら、のちに同調者も少なくないのを知った。例えば、RKB毎日放送のプロデューサー辻和子さん。私よりかなり若いお方なのだが、自他共に許すマリリニスト。そのモンロー忌、やりましょう、何をするのか分からんが、とにかくやりましょうモンロー忌、とおっしゃってくださる。もちろん私だけの「心の忌」などキザなことを言うつもりはない。また、昭和生まれはかたせん（参加させん）、などケチなことも言わない。そんなこと、時々口を滑らせるから嫌われるのだ、大正生まれは……ということぐらい私も心得ている。

私のマリリン還るはずなし四月馬鹿

（一九八六年四月）

世界エスペラント大会・北京

この夏七月末、北京市での第七十一回世界エスペラント大会に出席した。五十四カ国から二千五百人以上の集まりで、これだけ多数の国籍の違う人々が一人の通訳もなく、どの人の母国語でもない各人が学習して覚えて来た共通の国際語「エスペラント」だけで交歓し、親交を深めている事実の中にあっては、思いもかけぬ快いカルチュア・ショックに酔うことばかりだった。

先年福岡にお見えになったワーシャ・ツベトコーワさんと再会を喜んでいたら、「あんたブルガリアだね、すぐ分かる。イエスの時首を横にふり、ネ（否定）でうなずいている」と、フィンランドのじいさまが横から口を出す。手紙は交換するが初対面の広東省湛江の陳敬権君とカメラの前に立てば、見知らぬフランスのおば様が、その肥満体を真ん中に割り込ませる。ユーゴの青年が提げてきたジュースを、ベンチに腰掛けている私に「はい」と渡すという具合で、蘭州、ハルビンの文通相手、発足したばかりの大連エスペラント会の会長邵融氏、最初に手紙を貰った時は十六歳の女子高校生だったのが、今は劇作家に成長しているユーゴのスポメンカ・シュティメッツさん、二泊三日の火車（汽車）でやっと到着したわが友好都市・広州からの朋友たちなど、いずれも初対面の手を握り合ったのだが、殆どが立ち話同然だったのだけが残念だった。

参加者数の第一は日本人の三百六十人、普通この種の集会では雛段の人たちが主役だが、全員が役所や会社から旅費の出るはずのない人たちだけに、せっかく覚えた言葉が実際に使える稀有の機会とばかりに、見知らぬ同士でも胸の「緑の星」のマークを見かけては話しかけ、一人一人が主役の場面を展開していた。

地元中国からは三百五十人、ホスト国だけに各省からの代表が選ばれ、他に百三十人からの青年男女の諸君がヘルパント（裏方さん）として学習中のこの共通語を駆使して、世界各地からの参加者たちに気の毒なくらいのサービスぶりだった。

北京への途中一泊した杭州からも、エスペラント会の会長さんだけの代表参加で、私たちの宿舎を捜し当てて、習ったばかりのエスペラントを勇敢に使い、思いがけぬ歓迎会を開いてくれた青年男女約十人は全員、留守番だった。

私のエスペラントにしても、中年になってからの独学なので会話には全く自信がないのだが、いつも素晴らしい文章の返事をくれる中国の友人の中にも案外（私ぐらいに）会話の苦手なのが少なくないと知ったのは、何よりの収穫。「母国語でないから下手で当たり前」との共通の開き直りが楽しく、語学力より「通じさせようとするお互いの努力」が先立つジェスチュア豊かな会話が弾む。

これは、英語で話しかけたらたとえ英語を知っていても返事せぬ、とかねて聞くフランス人たちが、日・中両国についで三番目に多い約百九十名の参加数と無縁なことではないと考えた。次に多い百五十人のアメリカ人たち、苦し紛れに私が英語を挟めば、必ず「ネ……」と制止して、エスペラントで話そう、一方が母国語でならハンディが生まれるではないか、お互いにこのために苦労して学習した言葉でやろう、との姿勢が一貫してベテラーノ（ベテラン）たちに見られたのは感動的でもあった。

本当のコミュニケーションは、一方に優位性があれば成立しない。対等の舞台でこその相互理解と、語学力の優劣を超えた心情交流の要訣《ようけつ》を身をもって感得する。しかし一方、中国と国交のない韓国から九十人の参加を見るのに、最近特に学習熱の高いと聞くソ連がわずか二人という現実に、複雑・不可解な国際文化交流の実態も見る。

政治的問題のそれはそれとして、一般市民同士のレベルでは草の根的な、国際というより民際交流の機運が、微速ながら確実に実践されている姿を見てきたことである。

（一九八六年十月）

ソウル曹渓寺

四月三十日はソウル滞在の二日目。安鐘洙《アンジョンス》青年が、お寺は殆どが山腹にあって都心には珍しい、と言いながら案内してくれたのが鍾路区寿松洞の曹渓寺。西日本新聞社とＲＫＢ放送のソウル支局がその七階にある韓国日報社の近くだった。

地図に仏教用品専門店と載っている店がずらりと二〇〇メートルは並んだ本通りを左に曲がれば、そこがもう建立以来百年以上と見た大伽藍。近くの路地も大通りも、鮮やかな黄・緑・白・赤の小さな提灯が運動会の万国旗みたいに張り巡らされ、店内には大きな朱の造花が溢れている。仏像・仏壇など肝心の商品陳列はその陰に隠れている。

この五月五日が農暦の四月八日、釈尊生誕の祭日なのだ。そう聞けば、あの十六世紀末壬辰倭乱の英雄・李舜臣将軍の銅像が立つ世宗路の大通りにも、市内の随所にもこの提灯のメイ・ポールの飾りが見られた。

今、レンギョウとツツジが花盛り、八重桜がやっと満開で、名は忘れたがリンゴかも知れぬ白い花、それに紫荊花に違いない中国広州でも見た紫の花、福岡より半月ぐらいは遅いソウルの春を待つ人々が、心浮き立つ思いで街中を飾っているのだった。「大韓仏教曹渓宗本山」と、ハングルではない漢字が懐かしい墨痕鮮やかな大表札の割には、喧騒の巷のすぐ傍なので神秘性・荘厳性がやや不足と見たが、むしろ威圧感のない「どなたもお出で」と呼びかける庶民的な大雄殿である。

靴を脱いで上がる本堂は百畳敷はあろうか、かなり年季の入った畳に主に年配の婦人たちが約百名、脇目もふらず、真剣な面持ちで、ローソクの灯を仰ぎ、念仏を唱え、畳にぬかずき、熱烈礼拝をなさっておられる。その雰囲気はやはり荘厳、襟を正さずにはおれない。

旅嘘にいつも用意している朱印帖に参拝記念のご朱印を頂こうとして随分探し回った末、見つけた寺務所（ハングルでなく、ここだけが漢字表札の窓口）に案内を請うと、中国の拳法映画そのままの、ネズミ色の僧衣に剃り跡青い精悍な面持ちの青年僧が四、五人寄ってきた。珍しいものを見るものだとばかり私の朱印帖をめくり、立ったままの談合が始まった。中国杭州の霊隠寺、上海の玉仏寺などのページを指さして、北朝鮮では捺してくれなかったのかと聞く。行ったことがないので、その旨正直に答えたが、別に政治的な質問でもなかったようだ。

小柄で上品な、八千草薫が少し陽に灼けたような女性が寄ってきて、「その手帖を見せてください」と綺麗で確かな日本語。昨年奈良を訪ねたそうで、東大寺、薬師寺、法隆寺など朱印帖をめくりながらつぶやく。「それに中宮寺」と私が付け加えたら、「ええ、そのお寺」と、これは韓国の方には馴染まぬ発音の日本語だったようだ。

「お国の習慣にないのなら、もういい」と言う私に、この韓国婦人も安君に加勢して、「まかせなさい」と交渉してくれた。その間が約六、七分。もちろん全部が韓国語なので、私にはまるでパントマイム。それでも険悪な空気ではないようだった。

やがて、青年僧の一人が、浅田飴の倍ぐらいの缶の中の、久しく使ってないらしい真ん中が凹んだ朱肉を丁寧に錐でこね始めた。先刻から一言も発言せず成り行きを見守るだけの、巨軀抜群の、見るからに有徳の高僧が机の引き出しから筆ペンを選び出して、「法輪常転」と、いずれ有り難い言葉に違いない四文字を授けてくださった。

八千草夫人は「気持ちだけでいいですよ」と言ってくださったが、ローソク代として少しきばったかなと思いながら、日本の百円が五八七ウォンだったなと頭の中で計算して傍らの箱に入れ、夫人に習って合掌したが、僧侶たちは気づいた様子ではなかった。日付は「仏陀二五三一年四月三日」とある。さらに八千草さんが指さす場所に、大和尚はうなずいて「大韓民国」と書き加えられた。

私の合掌に合掌で応えられた大和尚は、立ち去り際に急に振り向いて、安君に何やら大声で叫んだ。「二度とこんな面倒な奴は連れてくるな」と言ったのかと肝を潰したが、「お前たちの喋るのはどこの言葉か……、エスペラントなら前の住持が上手だった。今、山の中の寺に転勤している」と言ったので、あれで大変機嫌がいいのだそうだ。

カンサムニダ！　もう一度合掌する私に大和尚はまた合掌を返されたが、やはりニコリともなさらなかった。

（一九八七年五月）

槐《えんじゅ》

最近すっかり垢抜けした街並みに変わった福岡市中央区の浄水通り。平尾のヒラクチ（蝮）も、谷のワクドウ（蛙）も姿を見せぬ並木の舗道にやがて八月も末、エンジュの淡黄色の花びらが音もなく降り注ぐように散りはじめる。

真夏の花には珍しく淡白な色彩が、サラサラと散り敷くさまは、「しづこころなく」と詠む古歌の心がこれかと思わせる。同じマメ科植物でも、アカシアの「雨に打たれてそのまま死んでしまいたい」という奇想天外な虚無的イメージはまず無い。

今でこそ珍しくもないエンジュだが、二十数年も前に、岡崎嘉平太氏が中国人民からの贈物として種子を北京から持ち帰られた時、ひとまず宮崎市郊外のフェニックス動物園で播種・発芽が試みられたものだった。

その受け入れ希望先への説明には、「この珍しい中国の樹は、九州では福岡市南公園の動物園正門、水禽池《すいきんち》の前に並ぶのがそれ」と紹介していた、とフェニックス動物園長の片山望先生からお聞きしていた。

本場の中国では、「槐安夢」（人生のはかなさ）の字句があり、その明るく散り急ぐ花のあわれに晩夏の気だるさが増幅される。その一方では、位の高い樹として天子の宮殿に植えられ、「槐庭」と呼びもされた。古代中国の官吏登用試験の「科挙」は旧暦七月。その最終考試は天子の面前でその策問に答えることだった。進士合格の夢が叶うまであと一歩の思いを込めて、ここまで勝ち抜いてきた受験生たちは、庭に散り敷くエンジュを踏んで宮殿の奥深くへ向かった、と伝えられている。

時に一〇二六年、その呼び出しを待つ間に長年の刻苦勉励がやがて終わろうとする虚脱感からか、不覚にもエンジュの巨樹に凭《もた》れて眠り込んでしまった青年の名が趙行徳、三十二歳。湖南きっての秀才だった。

目が覚めた時は万事が終わっていた。呆然とさまよい出る巷の喧騒の中で見る不思議な西域の女、女が手にする不思議な文字……西夏文字の妖しい誘惑に、今後三年は待たねばならぬ踏槐出世の夢を捨てる。

井上靖の『敦煌』が繰り広げる壮大な歴史ロマンの導入は、何と言ってもこのエンジュの花降る庭での槐下一睡の夢と、運命を大きく未知への挑戦に賭ける青年の心情の揺れにつきる……と私は読んでいた。

だから今回、世紀の大公開と喧伝される映画『敦煌』では、まずファースト・シーンから「これは違う」と愕然とさせられた。

それは天子の面前で「西域経営の方策如何」との策問、解答に窮して脂汗を滲ませて絶句するシーン。この種の出題傾向も知らずに最終選考まで残れるほど甘い考試ではない。そんな場面は「私の『敦煌』」にはない。

その汗を滲ませた主人公俳優のクローズアップが、やはり父親三國連太郎に似ているね……などを見に来たのではない。この最初のショックが大きいので、以降、私としたことが、映画観賞の平常心をすっかり失い、「そこも違う、それも……」とアラ探しに終始したのは残念で、こちらの修業不足も痛感した。

例えば、あんな広い砂漠で昼の日中に正面からぶつかり合う戦闘シーンなど愚の愚、孫子ならずとも、私でも勝負は夜襲にかける……など。

四十五億の空前の制作費を砂漠に注ぎ込む経済大国の円高景気と、無縁なロケ現地の人たち、人民解放軍の献身的（！）協力まで気の毒でならない。

新聞各紙が埋める賛辞の中で、「現物と芝居の『つなぎ』は誰がやっても難しいだろうが、挑戦した勇気は日本映画史に残るだろう」との堺屋太一氏の無責任な一文だけが妙に迫力ありとする。

終わりのタイトル文字が出ればわれ先に席を立つのはいつもの通りだが、シルクロード現地を何度も撮られた隣席のカメラマン氏が、「何か一つ違いますな、井上靖とも」と頭を捻りながら立ち上がられた。

これが今年の福岡アジア映画祭のオープニング。そして三日後の日本映画『上海バンスキング』では、平均年齢が『敦煌』より二十歳は若い観客が、タイトル文字が消えてもなお、スクリーンの吉田日出子の残像を追うかのように誰も席を立とうとはしなかった。さらには、映画祭最終日の例の中国映画『芙蓉鎮』のラストでは、「終劇」の文字に観客席から拍手が起こっていた。

（一九八八年八月）

タイフーナ・アミキーノ

昨年（一九九四年）七月、韓国ソウルでのエスペラント世界大会の会場受け付けは、七十カ国、二千人を超える世界各地からの参加者でごった返していた。

突然、「私を覚えていますか、ヤパーナ・オンクロ（日本のおじさん）！」と、胸に大きな紅白のリボンのお嬢さんに声をかけられた。「ほら、タイフーナ・アミキーノ（台風友達）ですよ、プサン（釜山）の」との笑顔に「もちろん」と答えたが、キム・ヒョンシルさんの名前までは思い出せなかった。

好感度最高の娘さんらしからぬこの物騒な「台風友達」の名乗りには、説明が要る。

その三年前の十月六日、釜山での韓国エスペラント大会の終了後、私たち日本人参加者は釜山港を眼下に見下ろす竜頭山公園に案内された。朝十時に博多港を出て正午過ぎに釜山で昼食を取り、それで午後の大会受け付けには間に合う……それほど近い隣の街なのに、その時が初めての韓国訪問だったのは、当時伝えられる反日感情とこの国の人々に少なからぬ「敷居の高さ」と「後ろめたさ」を感じていたことも理由ではあった。

韓国のタイフーナ・アミキーノと（1993年４月）

しかし、「言葉が通じる」ことは何よりコミュニケーションの要訣。習得したばかりの国際共通語エスペラントで、この方向が日本、向こう岸は九州と指さす娘さんたちと、初対面とは思えぬほど話がはずむ。
「先日の台風19号はフクオカを通りましたね」と口々に言うので、「八月初めの台風が朝鮮半島にそれた時、九州の私たちが手を叩いて喜んだ罰、凄かったよ風速四九メートル」と応ずれば、今後は、その台風の下に先生やご家族が住んでいらっしゃると心配することになります、同じ時刻に同じ台風進路図を海峡のあちらとこちらで見詰める同士、つまり「台風友達」ですよね……という訳。

私は、先刻の閉会式での李種永《イジョンヨン》教授の別れの言葉を嚙みしめていた。「近くて遠かった隣国から、たくさんの友人を迎え、かつてない盛り上がりだった。玄界灘を渡って去るこの日本の友人たちと一緒に『ヨンラクソン（連絡船）』の歌を歌おう。この歌で閉会の辞を締めくくりたい」と提案されたのには驚いた。

昔、確か菅原ツヅ子の日本語で聞いたその歌詞は恋人との別れだったが、実は日本統治時代の関釜連絡船、例の強制連行以前からの幾千、幾万ものこの国の人々が、故郷を離れて玄界灘を越える別離の哀感と言うより「恨」の歌で、韓国ではもちろん日本でもタブーの「古く悪しき日」の歌として（誰に聞くまでもなく）承知していた歌ではないか。そのハングルの歌詞に古老の方々が苦心してカタカナを付けてくださるのを、私たちは絶句のまま見詰めていたのだ。

その港を見下ろすこの竜頭山の丘に建つ銅像は、朝鮮史上希代の名将で壬辰倭乱（十六世紀末日本軍の侵攻）時の救国の英雄・李舜臣将軍の剣を提げ兜を被った勇姿で、将軍は今も南のほう九州を睨んで立っている。

その話なら、海峡の向こう、私の街福岡の東公園にも、十三世紀の蒙古来・高句麗来を警告した先覚哲学者・日蓮上人の銅像が、お国、さらにはモンゴルの方向を向いて立っている……と口が滑り、「しまった」と気が付く。だが、若いピアノ教師ノ・ヘギョンさんの爽やかなコメントに助けてもらった。「そう、後世の私たちが何か間違いを起こさぬよう、海峡の双方でご先祖が見守っておられるのですね」

国際化路線に漕ぎ出して日が浅い韓国ソウルでの世界大会を、これら若い韓国青年男女の心優しくも逞しい国際平和希求の「志」が見事に成功させていると、彼女の綺麗な胸のリボンをカメラに収めながら考えた。そのリボンが大会運営の裏方さんの胸にだけ付いていて、会場雛段に並ぶ大会役員にも、国賓クラスのゲストの方々の胸にも見当たらぬのも、私にはもう一つのカルチュア・ショックだった。宮仕えの現役時代、来賓の偉いさんの席順やリボンの大小にその都度悩まされていたからである。


（一九九五年六月）

セルビアからの手紙

福岡市早良区の若い主婦・半田美香さんの中学生の時以来のユーゴスラビア・セルビアの少年との英語文通は、約七年間続いていた。だから、一九九一年初夏勃発のバルカン動乱以降、相次ぐユーゴ各地の戦闘・爆撃など殺戮の修羅場、廃墟からの報道が彼女には他人事と思えず、新聞・テレビの死傷兵士の写真には、あのネデリコ君ではないか、とその都度心を痛める日々が続いた。

その消息を知る術のないもどかしさを新聞投書欄に訴えもしたが、最悪の事態が頭を掠めては、昔の宛名に直接手紙を出す勇気はなかったそうだ。

西日本新聞社から消息調査の相談を受けた私は、早速、世界エスペラント協会の会員名簿から彼の街とドナウ川を挟む隣のノヴィサドに住むフェレンツ・フォードル氏の名を見付けて手紙を書いた。それが今年七月十五日のこと。

すると、わずか十日後の二十五日付で、ネデリコ君の母上と連絡が取れた、昔ご子息が日本の少女と文通していたのを覚えておられる、というフォードル氏からのエスペラントの返事が来る。ネデリコ青年は健在で、文化財保護院で働いている。手紙は昔の住所にお出しになれば、母上が取り次がれるとのことだった。

追っかけて彼女に届いたネデリコ君の英文手紙は、意外に淡々としていて、まるで紛争混迷の地からの手紙とは思われず、日本列島からの心痛・杞憂がたちまち吹っ飛んだ。

どちらの航空便も一週間で福岡に届いている。それなら最初から直接手紙を出せばよかったのに、戦乱・殺戮に続く廃墟・闇市化で地獄絵巻の旧ユーゴ全土のはず……その中でもセルビア！と思い込んでいたのは迂闊だったと、目からウロコの落ちた同士でこれらの手紙を見せ合った。

「戦闘は二、三年前、一五〇キロ向こうでやっていた。私の国では戦争はなかった。全部国境の外でだ」とこのセルビア草の根情報にはあり、空爆を受け、殺戮の惨状が展開されたのはクロアチアとボスニア領土内だけ、と初めて知った。

だが、公式に戦争下ではないと書くセルビアでも、三年前からの狂乱インフレとその後の「経済制裁」で戦時窮乏生活を強いられていること……これは事実。

「私の住むノヴィサドは、五十年前まではハンガリーに、川向こうのネデリコ君の街ペトロヴァラディンはクロアチアに属していたが、現在両地区は一つのノヴィサド市になっている。古来、王侯貴族の主権争い・離合集散の繰り返しの地域、現在セルビア人、ハンガリー人、クロアチア人、スロバキア人、ウクライナ人それにチガーノ（ジプシー）など多数民族共存の街だから民族問題もまず起こりようがない。宗教関連の争いなどあっては全員暮らしてはいけない」と意外なことを書くフォードル氏自身はハンガリー人、だからアジア風に家族名を先に、名前を後ろに書いている。

この十月初めの手紙にも「フクオカでのユニバシアード大会を伝えるテレビが二時間の特別番組を組んだ」と、戦争の影は相変わらず感じられない話が続いている。

ネデリコ君を捜すのに使った電話番号簿が一九八二年版という、こちらの物差しでは測れぬ暮らしのリズム。いずれも、有史以来、紛争・騒乱、離合集散の繰り返しがそのまま生活史と聞いていた、バルカンの地に生きる人々の暮らしの知恵と逞しさが伝わってくる。

いずれにしても、「民族問題と宗教がからめば、もうお手上げ」と遠くから傍観するだけの私たちにしてしまった当節マスメディアのセンセーショナリズムや、「絵になる報道」主義も問題だと考える。同じ旧ユーゴの隣国クロアチアの友人が空爆、ロケット攻撃の修羅場、防空壕で執筆した著作の中で繰り返す「マスメディアの伝える情報だけが世界ではありません。その陰で懸命に『人間している』無数のフツーの人々の暮らしにも目を向けてください」との訴えをあらためて嚙みしめる。

（一九九五年十二月）

城外練兵場

過日、新しいＮＨＫ福岡放送局で、あるキャスター嬢の取材を受けた時、「ここ六本松一丁目は、五十年も前は広い草っぱらで練兵場だった」と話したら、「レンペイジョウ?」、どんな字を書くのですか、と問われて大いに困った。

練兵場、知らないの！「練習の練、兵隊の兵」と答えれば、「ここで兵士たちが何の練習をしたんですか」と追い討ちを掛けられた。この種の質問に的確な解説ができるほど、私は日本語に習熟はしていない。とりあえず「人殺しの練習場ですよ」。

そう、人殺しの練習だった。話ははずんで、今も世界の至る所で若者たちが集結して朝から晩まで「人殺しの練習」に汗を流しているんですよね！

一九四五（昭和二十）年の六月、二十日と二十一日の夜、陸軍二等兵の私はその城外練兵場の北端、今の福岡市美術館の大濠公園側入り口階段の踊り子のブロンズ像の辺りで野宿をしていた。

前夜の福岡空襲で、厩《うまや》当番だった私は、避難誘導中の重機関銃搬送馬「タネモリ」

を城内練兵場の真ん中で、焼夷弾の第一波を頭上に浴びて叢に叩き付けられた時、放馬させてしまったのだ。

一晩中捜し回った……今では信じられぬ話だが、たとえ万物炎上壊滅の修羅場であっても、最下級の兵士が恐れ多くも天皇陛下からの預かりもの、「物いわぬ戦友」を放馬させることは「重営倉（兵営内拘置所）間違いなし」の万死に値する失策だった……。

そのタネモリが朝の白々明けの頃、鮮血のほとぼしる前脚を引きずって、大濠公園の池に飛び込んで助かったずぶ濡れの私の前に姿を現した。

タネモリは決して程度の良い馬ではなかった。前髪の赤リボンは「噛む」、尻尾のは「蹴る」、たてがみには「前足で巻き込む」、要注意の赤リボンを三片も付けた初年兵泣かせの荒れ馬で、古年兵たちに敬遠されて厩に残された最後の一頭を、当番兵の責任で私が連れ出していたのだった。

その暴れ馬が、あの「火の雨が降る」地獄絵巻の中を、脚を引きずりながら、私を捜して大濠公園をさまよっていたのに違いない。全く頼りにならぬ敗残の二等兵、私の側を離れようとはせず、嘘のようにおとなしくしていた。

赤リボン三つのタネモリの前脚からは二日二晩、破れた水道管のように真っ赤な血が噴き出して止まらない。傍らの叢に座り込んで、なす術もなく次第に弱ってゆく「物いわぬ戦友」を見守るばかり、それが厩当番の勤務・御国のための私のその時のご奉公だった。

放送局のお嬢さんたちは「喋らせ上手」、いつか乗せられてこの日の取材テーマはどこかへ飛んでいった。放送局東隣の護国神社、ここも城外練兵場。今、鬱蒼と茂る森は半世紀前、この神社造営時、私も勤労奉仕で植えた苗木だ。皇紀二千六百年の昭和十五（一九四〇）年は、私も十五歳の中学生……というところで、学校で教わった歴史の年号から六百六十年を差し引いての換算にその都度苦労した話に移る。「嘘オッ」と、NHKらしからぬ言葉がこの才女さんの口から出たのには驚いた。

「先生も戦争に参加されたのですね」

これも意外な質問で、参加？ ラグビーの合宿や修学旅行じゃないんだよ、「一種の強制連行」と、私も初めて使って一応納得する日本語を発見した。十年も前に、平和教育研究グループの先生方の「福岡空襲古戦場めぐり」にお供をした時、平和台競技場で歩兵二十四聯隊の兵営跡と説明すると、「宿泊施設もあったんですか」との質問に絶句した。なぜ私が返事に詰まったのか、この雑文をお読みの方の半数はお分かりにならぬのかもしれない。

若い世代の皆さんに申し上げる。もっと「喋らせ上手」になってください。高齢社会の嬉しさは、私程度の「物知り爺さん・物知り婆さん」なら隣近所にゴマンとおいでになるのだから。


（一九九六年六月）

ハンカチ一枚の

駐日クロアチア大使館　秘書官U・T様
九月二十日の「愛のハンカチ・コンサート」は大成功でした。福岡市の南隣・那珂川町のミリカローデンの大ホールは、六百人以上の人々が遙かな国クロアチアに思いを馳せる感動で一杯でした。

「会場に姿を見せたアンジェルコ・シミッチ駐日大使は『クロアチアがここに来たようだ』と笑顔を振り撒いた」と、「朝日新聞」が伝えました。さらに「期待以上の反響は手軽さ上品さが誘いになった面もあろうが、日本では何気なく使っているものが（難民キャンプでは）生きることに密着している現実を思い起こさせた。そしてやはり多くの人々が夢を見たかったのだ。ハンカチ一枚が遠い国の子供たちを励ますという夢を」と、この夕刊コラムは結んでいます。

この日私は大使を案内して、福岡県庁、商工会議所、市役所それに西日本新聞社への表敬訪問のお供をしました。県庁も市役所も玄関前にクロアチアの国旗を高く掲げて大使を歓迎しました。大使はカメラのシャッターを何度も切りました。

昨年夏の福岡ユニバシアード大会の際、地域を挙げてクロアチア選手団を歓待・応援した今津地区の人々への感謝を福岡市の井口助役へお述べになる時には、今津の自治会長大歯覚氏と公民館長（こちらも大歯さん）もご一緒でした……と東京のクロアチア大使館に書き送ったのは、事の成り行きで私が世話を引き受けたクロアチア大使福岡訪問の報告。

その夜、ミリカローデン那珂川の会場受付に山と積まれたハンカチが六千枚、その前の北海道の二会場分が合わせて一万枚、一週間後の宗像ユリックスでも四、五千枚は下らぬはず、また長崎でのコンサートの前人気も伝えられている。

このハンカチ・コンサートの話の発端は今年の三月、ザグレブ郊外の難民キャンプでヴィオラ奏者の平野真敏（福岡市出身、二十八歳）君とピアノ伴奏パートナーの坂口めぐみ（北海道出身）さんが目撃した難民たちの窮状、とくにボロ布になっても何度も洗いなおしては包帯やティッシュペーパーその他、何にでも使っているハンカチ……からの発想で、一時帰国の九月に救援チャリティ演奏会を開こう、入場券と一緒に各人ハンカチを一枚ずつ持参するよう呼び掛けよう、との若い音楽家二人の提案だった。

両名共私の三十年来の友人で、クロアチアの女性作家スポメンカ・シュティメッツ著『戦渦のクロアチアから』の拙訳日本語版を留学先のドイツで読んだ縁で、私たちと知り合った。だからスポメンカと私がこのチャリティ計画の橋渡し役を演じることになったものだ。

この話を「朝日新聞」が全国版で「ハンカチ一枚の救援」と紹介したのが始まりで、

「九州までコンサートには行けないが、クロアチアの子供にハンカチを送りたい、取り次いでくれ」との電話が、北は北海道から私の家にかかるようになった。

新聞社の各地支局に尋ねた電話番号でハンカチ送付を申し出る方が後に百二十名を超すとは考えもしないことで、やがて、大小のハンカチの小包が次々に宅急便で届き、電話番の老妻と二人だけの陋宅《ろうたく》はハンカチの山に瞬時パニックに陥りもした。

昨年十二月の休戦協定締結の前日までミサイル弾が飛び交ったクライナ地区の壁に二十発の弾痕を残す教室から、「ハンカチありがとう」と元気なエスペラントの文字が踊る絵葉書に十四名の小学生たちの寄せ書きが来たのはよいが、多すぎる梱包数に、万事混迷の最中にある先方で、ついに税関ストップの問題も起こった。

それもシミッチ大使自らの奔走尽力のお陰で、最近ようやく解決の兆しが見えはじめ、福岡市地域婦人会が集めた五千枚が無事通関できた、との知らせが昨日やっと届いた。今、三万枚を超える未発送分が福岡で公式引き取り先の決定を待っている。

（一九九六年十二月）

あのですね

テレビ・ドラマで最近、若い娘さんタレントが「私、へこたれないわよ」とか「へこたれるもんですか」としきりに言っている。流行のギャル言葉にいちいち驚いていていては生きてゆけぬので苦笑いで聞き流していたが、某政党の党首女史の「わが党は、ここで決してへこたれてはなりません」との記者会見をテレビで見て絶句した。少数野党の立場から常に「苦渋の選択」を余儀なくされている同党の苦悩が生き生きと表現されている用語と感心もしたが、……しかし。

手元の『広辞苑』で確かめると、「へこたれる（自動詞・下一段活用）・（一）意志が砕けて弱る、ひるむ。（二）元気を失ってべったりすわる」とある。これなら綺麗な娘さんが使おうと、品格抜群の才女がお使いになろうと心配はないが、同じページの同じ欄に「へこ（褌）」とあり「九州・中国で『ふんどし』のこと」とある。

そうなのだ、九州福岡に生まれて育って七十年以上、この土地以外での生活体験がない私には、「へこたれる」は「褌が（ゆるんで）垂れているザマーない男の子」のことで、女の子がヘコタレルことはない。褌をしめなおす・緊褌一番《きんこんいちばん》、つまり「心を大いに引き締めて、奮い立って事に当たること」（『広辞苑』）がその対症療法と今も信じている。

ついでに、「ねこばば」の項を引くと、猫が脱糞後、脚で土砂をかけて糞を隠すことから、悪行を隠して知らぬ顔をすること、落とし物などを拾ってそのまま自分のものとしてしまうこと、と丁寧に語源が解説してある。だからこちらは全国区の言葉。「へこたれる」のは郷土色豊かな、私たちの生活語と覚えておくことにする。

宮田輝（元ＮＨＫアナウンサー）氏が二十年も前に「あなたは九州の方ですね、あちらの方は『あのですね』とおっしゃる」と言う画面を見たことがある。

「あのですね」が九州言葉とは初耳なので以後気を付けていたが、いつの間にか若いタレントさんや、レポーター諸君が使いはじめるのに気が付いた。

一九八七年の七月、教育テレビの録画のため上京した時に確かめたら、宮田氏の後輩の飯窪長彦アナウンサー氏が「遠慮なく使ってください、今はＮＨＫ用語」とのことだった。東京辺では「あのね」では目上の人に失礼、でも「恐れ入りますが」と言うほどはない相手や同輩以上の人に「気軽に」呼び掛ける言葉とその習慣が、それまで無かったようだった。

神戸市における自治体関係の全国研修会で、「今の福岡市の発言に出た『カセイ』とはどんな文字、どんな意味？」との質問が関東ブロックの参加者からあった時、司会の神戸市が「関西から西では『お手伝い』のことを『加勢』と言う。方言だ」と通訳してくれた。発言者の私は「手伝い」と「加勢」はその「質」が違うと言いたかったが、イナカ者には分かるまいと遠慮した覚えがある。その「加勢」を最近ラジオでもテレビでもよく耳にするようになっている。

例の『広辞苑』には「加勢」の項に「(一) 勢いを加えること。助けること。助力。助勢。(二) 助けの兵。援兵。(三) 江戸時代、農民の語で、分家や小作の者が本家の冠婚葬祭・屋根葺きなどに労力奉仕をすること、現在は田植えなどに農民相互が手助けすること」とあり、まるで古語の扱いを受けている。

飯窪氏から「九州には豊かな言語生活が今も生きているんですね。どしどしこちらに輸出してください」、今日は全部博多言葉でどうでしょう、と言われて、少しはその気になったのだが、本番で気付いた時にはもういつもの「行かず東京弁」になっていたのは残念だった。それでも、今回の「へこたれ」はどう考えたらいいのだろうか。どなたか教えてつかあさい。

（一九九七年十月）

如月《きさらぎ》や

如月や江下北川作江たち　　高杉鬼遊

田辺聖子さんの随筆集『川柳でんでん太鼓』でこの句を見つけた。昨秋の高齢者講座で紹介したところ、この三人の名前だけで「分かる！」と目が輝いたのが、全員七十歳以上の方々。「折りから凍る如月の二十二日の午前五時」と続けると、「その歌覚えとる！」と手の上がったのが六十代も後半。それより若い人たちは「爆弾三勇士」の名は聞いて知っているとのことだった。

別の若くもない人たちの学習会では「歩兵の突撃路を開くため久留米工兵聯隊の三人の兵士が点火した爆弾を抱えて敵の鉄条網へ飛び込んだ話」は殆ど知っておられな

かった。一九三二（昭和七）年勃発の上海事変のその二月だから、私は尋常小学の一年生。当時、月刊誌『少年倶楽部』の挿絵で見た、一本の長い爆弾を三人の兵士が抱えて敵陣に突入するその勇姿（！）を思い出す（別の本に、三人がそれぞれ一本ずつ抱えたのを見たと思うが、何故か不思議とは思わなかった）。この体験は弥生や神無月などよりも「二月は如月」と私を一番に覚えさせている。

廟行鎮の敵の陣　われの友隊すでに攻む
折りから凍る如月の　二十二日の午前五時

田辺さんが「いや驚くべし、三つ四つの頃覚えた歌が、今こうして書いていると自ずから出てきた」と書いておられる。自分より年下の大阪の女の子が覚えているのに、九州男児の私が忘れる訳がない。だが、「ビョーコーチン」が漢字で「廟行鎮」と書くこと、作詞が鉄幹こと与謝野寛だったと知るのは、もちろん随分後のことである。

中にも進む一組の江下北川作江たち
凜たる心かねてより　思うことこそ一つなれ

風呂の中で父に「爆弾三勇士」が「肉弾三勇士」と呼び換えることになる訳を教わ

った。「思うことこそ一つなれ」。この言葉が伝えるほろ苦い懐かしみの情緒が胸を打つ。私たちの世代は後に「軍国少年」と呼ばれるのだが、忍びよる戦争惨劇への足音とは別の「子供は風の子」といわれた世界が展開する冬の日々、如月があったのも事実である。畏友杉原新二君の川柳に「箸おいてもう風の子は風の中」とある。

テレビゲームも塾も、「しかと」や「イジメ」もない頃の子供たちは、一斉に外に飛び出して遊んだ。長崎うま、独楽回し、竹馬すっけんぎょう、クチクスイライ（駆逐・水雷）、陣取り、ボールこつけ、それに「天下落ちしょんべん」の掟。女子は縄跳び、ハンカチ取り、もっさん、押しくらまんじゅう、花いちもんめ……いずれも今では時代考証を要する遊びを大人のリードなしの子供の掟の中で楽しんでいた。

家の手伝いから解放されてそれらの遊びにかたる（参加する）には、小さな弟妹を連れての「子守り」が条件で許された。この叩けばすぐ泣く泣き虫どもは、どうしようもないお荷物だった。でもそこはグループの知恵で、摑まっても「鬼」にならない「アブラムシ」か「ナァモナシ」（未就学児）」として鬼ごっこの周辺を走り回ることを許されてもいた。ここで泣き出しては「もう遊ばんぞ」と言われるのが何より残念だった頃である。隣近所の大人たちの目も温かだった。

一人かとバット振る子に声をかけ　　番傘

（一九九八年二月）

最初はグウ

公園で小学生の男の子が四、五人で何事か始めようとしているが、ジャンケンの前に必ず「最初はグウ」と元気な声を掛け合っている。最初の一発は空振りのグウで、これは約束事、勝負は次の手から始まることになっているようだ。見ている私は思わず「あっ」と声に出す。数年前の孫の運動会の場面を思い出したのだ。

「おじいちゃん参加」のプログラム「ジャンケン勝ち抜き」という極めて単純なゲームに駆り出された時のこと。一回戦の相手、栄養も十分に行き渡っている男の子に「グウを出してね」と頼まれたのだ。何たること！　この歳の子が「八百長」を申し込むなんて！　よほど家族の皆に、とくにお年寄りに甘やかされて育ったのか、可愛い孫にはワザと負けてやるのがこの家族の習慣なのか。これは良くない、幼児教育の面からも……と私の驚きは沸騰してイジワル爺さんに変身、わざとパァを出してやっつけた。この種のゲームに勝ったためしのない私が、次の子にも優勝戦のお嬢ちゃんにも勝って、ご褒美の色紙細工のレイを首に掛けてもらったのだ。

あの時のあの子は「最初はグウ」の子供ルールを私に教えてくれていたのだ、と今気が付いた。少しも知らなかったが、随分前から、単なるジャンケンでは面白くないのか、このルールを子供たちの世界では楽しんでいるらしい。聞けば「グリーン・ピース」という掛け声の「グゥ・チョキ・パァ」とは違うルールの遊びもあって、何故グリーンピースなのか誰も知らず、私もまだ目撃していないのが流行してもいるらしい。

そう言えば「ジャンケン・ポイ」を使わず、「ジャス・ケス・オクスで、アイスクリンでショイ」と出所不明の掛け声で遊んだ半世紀以上も前の子供時代が私にもある。数をよむのに「ひとーつ、ふたーつ、さんめらこ、よってたかってクソ掴み、後は誰がさらゆるかあの人さん、この人さん」という奇妙な遊びもあった。

それに尋常小学の子供たちの間で一世を風靡したのが「のさ言葉」……これは、三、四年も続いただろうか、その後絶えて聞いた覚えがない。「せのさんせい（せんせい）」、「なのさんや（何か？）」、「べのさんとう（弁当）」、「えのさんそく（遠足）」と、むやみに名詞の最初の文字の次に「のさ」を挿入しては子供たち独特の会話を楽しんだ。

先生たちも野暮な教育的配慮はなさらず、黙認されていたようだ。風の又三郎が転校して姿を消したように、やがてこの「のさ言葉」は子供の世界から消えた。

時は今五月、出会いと別離の連続で心情大いに揺れ動いた後の、吾子の歯生え初める万緑の候、口ずさみたくなる昭和初期の女の子たちのお手玉歌が一つ私にある。

青葉シゲちゃん　昨日は　いろいろお世話になりました

わたくし　こんどの日曜に　東京の女学校へ　参ります
あなたも益々　ご勉強　なさってください　頼みます

女の子と口を利くのが恥とされたこの時代の男の子、私だけでなく殆どの旧友が今に覚えているこの歌。もちろん「青葉繁れる桜井の……」、例の楠公父子の桜井の駅別れの替え歌だが、当時としては至極ハイカラに、雲の上の世界だった「東京の女学校」の語感は、その頃の子供心理をよく活写していると思う。それにイヤに取り澄ました、学校で習ったばかりの丁寧語、「行かず東京弁」がほほえましい。

それにしても、あまり若くもない新聞記者氏が「楠公父子など聞いたこともない」と答え、せっかく付けた楠正行のフリガナ「まさつら」が「まさゆき」と訂正されたのには呆然となった。私は少し長生きしすぎているようだ。

（一九九八年五月）

一般常識

この秋刊行の『広辞苑・第五版』に、新語として「どたキャン」の追補があるのが話題になった。数日前に知ったばかりの言葉なので、「予約を土壇場でキャンセルすること」といささか自慢して解説したら、「その言葉、今ではパンジョウです」と二十代後半のY夫人がおっしゃった。

パンジョウ！　「一般常識」の略で、若い人たちが日常使っているのだそうだ。一般常識、パンジョウね、と感心しながらも、「常識知らずの若者たち」と嘆くことの多い絶対多数のおば様たちも私も、自身の「パンジョウ知らず」を考えさせられた。

常識といえば、例えば、

二合五勺お前読んだか読みました　　水府

敗戦の次の年、一九四六（昭和二十一）年十一月、一人当たりの米の配給量が一日二合一勺からの増配が発表された時の川柳で、戦時配給制度開始時の二合三勺と共に、私たち世代には決して忘れられない「常識」の数字。ところが、一世代あとの方々は、殆どご存じではない。テレビがなく、ラジオもまだ復旧せず、新聞報道だけだった世相を見事に記録する句なのに。

二合五勺？　〇・四五リットルですか、一人一日分なら食べ過ぎですよ……との発言には驚く。遅配も欠配も戦時用語辞典で知るだけの向きには、江戸川柳の解説より難儀する。

はっきりと米引く砂糖バケツで来　　千寿丸

砂糖やトウモロコシの配給があればその二合三勺から差し引かれたと言えば、「嘘オッ」と、私の常識が通用しない。その配給にお金を払うのかの質問には、あなたのお祖母ちゃんに聞いてくれと答を保留した。救援物資のトラックに殺到するアフリカ難民のテレビ画像からの連想だったようだ。

枡持って座敷に宿の女中来る　番傘

これも配給量が差し引かれた「外食券」の説明、旅鞄から持参の米袋を出すのが宿帳記入より先だった当時のパンジョウの話が続く。だが、「女中」という言葉が不適切語であると私は注意された。

三十年も前の句帖に「共稼ぎの頃欲しかった電気釜（真吾）」。デンキ釜？　あぁ、スイハン器のことですね、お洒落なネーミング！　と、私の常識が遠ざかる。その頃は「共稼ぎ」で「共働き」とは言わなかったんですね。「！」、私の返事なし。

福岡市博物館の開設準備で民俗資料収集の手伝いをしていた十数年も前のこと、「これが洗濯板ですか、それで水はどこに入れるんですか」と聞かれて絶句した。痩せっぽちの男を〝洗濯板〟と呼んだことをご存じない若い学芸員要員だった。

後に「その洗濯板に使ったのは固形石鹸ですね」と聞かれた。「固形？　石鹸は固形に決まっとる」と、私の声も少々大人気ないものになったのだが……意外なことを知った。

大正末期の新聞資料で、「ライオン洗棒」と称する新式の棒状石鹸の広告を見付けた。それまで一般家庭では、灰汁《あく》やサイカチ（マメ科の落葉喬木）のサヤを煎じた汁が洗剤として使われ、大正も末（一九二〇年代）になって洗濯板に置いた布にこの棒を擦りつけて洗うようになったとのこと。

つまり、私の「石鹸は固形たい」の常識も、私が生まれる直前頃流行りはじめたハイカラなものだったのだ。そう言えば、浮世絵の「洗濯美人」には、盥も洗濯板も見慣れたのがあるが、石鹸は見当たらない。「常識」も「パンジョウ」も意外に命は短いものと知った。

もっとも、昭和初期の福岡で子供をしていた私は「じょうしきしなさんな」、「常識は言わんと」と叱られて育った。翻訳して「駄々をこねるな」、「むやみに欲しがって困らせるな」、つまり「常識ある言動は親を困らせるもの」という不思議な、そのくせ変にリアルな幼児教育・躾の博多言葉があったのをよく覚えている。

常識はせん約束で放生会　真吾

（一九九八年十一月）

クロアチアの話

昨年の夏、フランスでのW杯サッカーで日本チームと対戦するまで、クロアチアという国を身近に感じていた日本人は殆どいなかったと思います。

私は恐らく例外で、ここ三十年以上もザグレブ（クロアチアの首都、十年前まではユーゴスラビア二番目の都市）在住の女性作家スポメンカ・シュティメッツとエスペラントの文通による相互学習・相互幇助を重ねてきたものです（旧ユーゴ内戦勃発の一九九一年の初夏以来、私が受けたザグレブ通信は百六十通に及びます）。

そのクロアチア・チームのW杯・銅メダル獲得を、スポーツ・マスコミは「新国家成立わずか数年での初出場」の「奇跡的快挙」との解説を繰り返しました。

事実、クロアチアの人々が「自分の国」を持つのは八百年ぶりのことですが、ザグレブは五年前、戦禍廃墟の中で開都九百年の祝いを行っています。彼等は旧い伝統に守られた「貧しくても心豊かな」それなりの生活文化を営んできた人たちです。

このバルカンの地は、大中の王侯貴族の権力争奪の歴史のもと、離合集散を繰り返して来た所ですが、宗主国がどこであろうと、どのような政治体制に組み込まれようと、人々は逆境続きの歳月を切り抜ける英知と爽やかなハングリー精神の持ち主で、その民力」が今回の銅メダル快挙をもたらしたものと納得します。「奇跡は決して奇跡的に生まれるものではない」との金大中韓国大統領の日本国会での演説を、その通りと痛感して

ソウルでのスポメンカ・シュティメッツさん（1987年４月）

います。

バルカン半島の人々は自分の郷土を「東欧」とは呼びません。この地はヨーロッパの中心・真ん中なのです。これが東西冷戦時代に西側マスメディアの用語「東欧・西欧」の名残だと最近知りました。西側陣営からの一方的な情報が国際問題の真相を不可解なものにし、世界情勢の常識・既成概念が真相把握を妨げていることは、もう一方の側、ウィーン・ザグレブ・ブタペストを中心とする文化圏に軸足を置いて初めて分かることでした。

駐日大使のシミッチ氏が福岡で私に、クロアチア人の誇る歴史的人物としてマルコ・ポーロを紹介されたのには驚きました。西部クロアチアでイタリア半島の対岸、世界一美しいアドリア海沿岸のダルマチア地区は当時、強大なヴェネチア王朝の支配下、それでヴェネチアからの人、イタリア人とされていたのでした。

ネクタイを呼ぶのに英語の「タイ」だけが例外で、ちゃんとしたヨーロッパの各言語では「クラヴァット」を語源とする名詞を使うとも聞いています。フランス語の「クロアチア風」から来たもので、かつて各地の王朝・帝国の傭兵として戦ったクロアチア兵士たち（私の国の主要産業は「出稼ぎ」とはスポメンカの話）が首飾りに巻いていた粋な色彩の布を敵味方の別なく真似て、各民族の兵士たちが着けたのが起源で、やがて全世界の男性服飾界を席巻する……という小国クロアチアの男たちの心意気には感動します。ファッションの世界で勝負できるとは、優れて知的感性の豊かな文化圏とは思いませんか。

「欧州の火薬庫」、「民族・宗教の問題が絡めば、もうお手上げ」と敬遠され、国土全体が地雷原……とさえ思われる地域にも、国際マスコミが伝えることのない、懸命に逞しく生活する人々のいることに思いを致すことも、今肝要と考えます。

今次争乱の最中に天寿を全うした祖母テーナの九十二年の生涯を書いたスポメンカの最近作は、北クロアチアの一寒村での三度の大戦争下でも決してユーモアを失わない村人たちの逞しい暮らしを伝えております。

四百七十万の人口（福岡県と同じ）のクロアチアの言葉では、世界へ向けたメッセージは無理で、どの民族の母語でもないエスペラントで発表されました。英語、フランス語などの言語大国の言葉ではクロアチア作家の誇りが許さないのでしょう。

日本語に翻訳するのは著者のヤパーナ・オンクロ（日本のおじさん）私の役目、それが今年二月刊行の拙訳『クロアチア物語――中欧ある家族の二十世紀』です。


（一九九九年四月）

ポンコツ走り出す

手元の一九七三（昭和四十八）年三月二十六日付の「西日本新聞」朝刊の切り抜きには、大きな活字の見出しで「ポンコツ走り出す」と、福岡走ろう会の発足が報道されている。

「前日の二十五日、東区香椎工高グラウンドで、四十歳以上の男女ランナー二十七人が元オリンピック・マラソン選手の西田勝雄さんの後ろに続いてグラウンド三周を見事に完走した」

とあり、記事の末尾に当時東公園の市民体育館勤務の私が「誰でも勝手に参加できるこんなスポーツが、私たちの目指す市民スポーツのお手本、全市に広げたい」と記者君の取材にコメントしている。

四十歳以上と女性は二十歳以上が参加資格、働き盛りの四十歳も、花の女性ランナー二十歳も、「高齢者・老人」スポーツのタイトルに甘んじて、と言うより喜んで参加したご時世が、わずか二十五年前にあったとは驚きである。トレパン姿で街を歩く中年婦人、娘さんなど全く見受けない頃で、後に「ゲートボール」と呼ばれることになる高齢者向き「玉転がし」も、あの「太極拳」の博多初登場もその頃のこの新しい市民体育館だった。

この記事にしても「ポンコツ」とは記者君のエンピツの走り過ぎで、同様にわずか四〇〇メートル三周を「見事完走」、その上「こらァ、気持ちのよか」と参加者の言葉、「キリッとしたハチマキ姿から革靴、雪駄《せった》履きまで……」と変わり者、のぼせもんの集まり扱いの「カラカイ」の取材姿勢をこの記事が残している。

その後の市民スポーツの爆発的ブームから今日の定着までの歴史を、最初から立ち会い、見せてもらった幸運は、私が新設の市民体育館運営の責任者の辞令を貰ったことに始まる。九州で当時唯一のジョギング・グループ「熊本走ろう会」の一周年記念レースを見学に出向いた私は、大会前日の土曜日、みぞれの夜、天草・大矢野島に着いた。

捜し当てた大矢野町教育委員会の質素な事務室で、後に金栗四三先生と紹介していただいた方がダルマ・ストーブに手を翳しながら、初対面の私にいきなり「申し込みが二百人を超えそうです」と嬉しそうに話しかけられた。

「このような素人のランニングが全九州で始まる、それが私の夢でしてなあ」と、既に八十歳を越しておられたわが国最初のオリンピック選手は熱っぽく抱負を述べられ、人様にスポーツを勧める仕事なら、まずあなたが来年はトレパン姿で来ること、何も出来んと言うのなら、走りなとしなはい、とおっしゃった。

この時の参加者で香椎の当時六十三歳の梶栗清さんが、帰福後すぐ近隣の方々に呼び掛けられたのが冒頭の走ろう会事始めで、天草からわずか二週間後のことだった。

一方、自分が走ろうなどとは思わなかったスポーツ・ダメ男の私が翌日から変身、毎朝走り出したのも、マラソンの神様から直接いただいたお告げに感動したからに他ならない。

週一回土曜の午後、市民体育館に集まるのは、それぞれの町内で「変わったオイさんの走りござる」と言われながらマイペースのジョギング（この言葉はまだなかった）を続けていた人たちだった。その西田勝雄氏指導のランニング教室の後ろについて走っていたら、「私もスポーツはたいていい駄目ですばってん、館長さんの走りござぁとよりはましのごたぁ、安心して続けよりますゝ」と言葉をかけられた。私はいつか市民スポーツ振興の本物の仕掛け人になっている、と言いたい向きには言わしておくことにした。

パールライン・マラソン大会、毎年三月の私の天草通いはその後十二年続くが、金栗先生が天寿を全うされた一九八三（昭和五十八）年頃から調子が落ち、その三年後の大会でピリオドを打っている。私の還暦記念ランだった。

一〇キロ・四十六分〇二秒が恥ずかしながら私の生涯記録、一九七七（昭和五十二）年・五十二歳の三月のものである。

（一九九九年十月）

五島山の話

福岡市営地下鉄の西端で、ＪＲ筑肥線との接続駅が「姪浜」。同駅南一帯に繰り広げられている都市計画・区画整理事業がやっと大詰めを迎えている。

私の居宅はその計画区域の真ん中なので逃げも隠れもできず、敷地の減歩・家屋解体・仮移転・家屋再構築と、普通の市民生活にはない修羅場の連続をここ数年体験させられている。

自宅前の「姪浜中央公園」に造り変えられる台地（ゴルフ練習場など）整備に「五島山整地工事」の掲示板が立てられた。「なんで五島山なんでしょうね。この土地の名前ですか」と作業員さんも、当の区画整理事務所の職員さんからも聞かれるので、「今崩しとんなさる丘が五島山ですたい」と教えてやった。

この付近一帯はかつての早良鉱業・炭坑跡の陥没地で、一面の沼地、農作は全く出来ず、わずかに蓮根と鮒や泥鰌が生きていただけといったことなど、勿論ご存じではなかった。私たち家族が四十年も前、ここ姪浜に縁ができて最初に落ちついた室見川・一の堰《せき》西岸から見た北西の鬱蒼と茂る緑の五島山に、シラサギが美しく群れを作り、落陽に映える見事な田園風景を息を呑んで見詰めたことを思い出す。

その山が影も形もなく消え、名称もこの工事名が最後と聞いた無念が、建て直しを余儀なくされる自宅兼マッチ（徳用）箱ほどの共同住宅の名称に、せめて「五島山」の名を被せることに決めた理由だった。ところが、一級建築士さんをはじめ、整備公団の皆さんからも、そんな野暮な名前では「入居者募集」にマイナス。フランス語かイタリア語（英語は駄目、ダサイから）で「夢」、「希望」、「愛」など、それが嫌なら、意味不明でもいいからカタカナの造語にせよ、との意見・助言・強要が続出してまるで四面楚歌、苦労した。

それらの忠告を押し切って、ネームプレートを掲げたところ、竣工前から思いがけない反響があって驚いたが、嬉しかった。

「知っとりませせじゃこて、影も形ものうなって！　子供の頃の遊び場じゃった五島山」と話しかけるお年寄り。「野方から歩いてきて、右手に五島山の見えるけん、もうすぐ姪浜バイ」と両親に手を引かれた日を懐かしむお婆さん。「戦後暫くは横っ腹の防空壕に人の住んでありましたもんなあ」、「私は弱虫じゃったけん、連れて行かんと上級生に言われて悔しかった」との体験を持つ定年間近の消防署員さんなど、意外に多くの方々がこのネーミングを喜んでくださった。「『五島山ここにありき』の記念碑ですな、この建物」とお礼を言われるに至っては、無駄な抵抗ではなかったと考えている。

ところでこの山、『姪浜町誌』（一九二七年）には「御塔山」とあり、「本町西南のところ松林密生せる小高き丘がそれで、頂上台地の土壇に高さ八尺の『北条氏墓碑（明治二十七年建立）』が立つ」とある。弘安の役（十三世紀、モンゴル来寇）後、西国之探題に補任され、姪浜に館を構えた北条時定公と二代定宗公、三代随時公の墓所跡に他ならない。

その御塔山がいつ五島山に変わったのかは定かでないが、一九六一（昭和三十六）年の土地登記簿には「福岡市姪浜大字五島」となっていた。

町誌は続けて、「この丘に立てば、広漠と続く青田、それが尽きるところ壱岐の翠《すい》巒《らん》（青緑色の連山）、色とりどりに千種万様の姿で自然の巧みを見せてくれる。視線を上ぐれば叶岳、飯盛山が肥前と筑前の守護神のごとくに、密迹《みっしゃく》力士、金剛力士に変装して大磐石に踏みしめている。右に目を転ずれば曲線強く優しい生の松原、小戸の海辺の松林。その樹間から、博多湾の海水が銀色を帯びて見え隠れ……」と、今は幻の七十五年も前の眺望を活写してくれている。

（二〇〇〇年二月）

軍国少年

怒濤万里の玄海に
昔を忍ぶ舞鶴城
ここに屯《たむろ》す兵《つわもの》は
我らが聯隊二十四《にじゅうよん》
五条の訓《おしえ》畏《かしこみ》て
ますらたけおの道励む

この十二月で二十世紀が終わる。あまりその種のことは気にしない私でも、その百年の四分の三をここ福岡で生まれて育ち、生活してきたと思えば、一応の感慨がないわけではない……と、何故か口ずさむのがこの歌。今の平和台陸上競技場にあった福岡歩兵二十四聯隊の起床ラッパで目を覚ますのが日常だった小学生の私が、誰に教わったという訳でもなく覚えた歌だ。後に時折「軍国少年だった」と書いてもいるが、勿論当時そんな呼ばれ方はなかった。でも、その頃学校で教わった唱歌をこの歌のように覚えているのはひとつもない。当時の子供たちは教科書にない歌を難解に過ぎてもよく歌っていたようだ。

若い世代の方たちに説明するが、「五条の訓」とは一八八二（明治十五）年陸軍省通達、明治天皇の軍人たちへの訓戒で、「忠節・礼儀・武勇・信義・質素を旨とすべし」とのいわゆる軍人勅諭のこと（詳しくは古老の方々に聞いてください）。

六年生の春、一九三六（昭和十一）年は支那事変勃発の前年で、あの二・二六事件から広田弘毅内閣成立前後の政局、世相の混迷は頂点に達していた。今広げて見る当時の「福岡日日新聞」には随所にポカリと空白がある。政府官憲の検閲で削除された掲載不許可の空白だが、そんな紙面の四月初めのに、私の描いたマンガが載っている。「本社主催・佐世保軍港見学の感想」とあり、三日間の連載で、今読んで胸の痛くなる熱血愛国少年たちの作文集だ。その一人が紛れもなく、後に海軍兵学校に進み戦艦「大和」で戦死した旧制中学での同窓生S君だったと知って絶句する。

いつも的はずれの綴り方で先生を悩ましていた私の感想文は例によって没、その代わりに没収されていた「落書き帖」を新聞社に回してくださったのだ。

「思ったこと、感じたことをそのまま書けばよい」との先生の言葉どおり、「海兵団の水兵さんたちが大きな釜で御飯を炊いていました。大きいエプロンを着た水兵さんの姿は面白うございました」と描いたのは、時局の要請に応えるものではなかった。

母校の名と一緒に、私の名前が晴れがましくも新聞に載ったのはこれが最初で、作品は「甲板洗い」と「起床ラッパ」の二枚。「ラッパを吹く水兵さんの帽子の後ろのピラピラが風に吹かれているところがよい」と、珍しく母が褒めてくれたのを覚えている。

「甲板洗い」は練習艦「敷島」、日本海海戦の旗艦「三笠」の後の二番艦を勤めた戦艦である。小学生のマンガさえ「佐世保鎮守府検閲済」で掲載されるご時世だった。

その時、私たちが目を輝かせて見学した当時最新鋭の一万トン巡洋艦「那智」は、甲板が全部「これなら甲板洗いせんで良かね」と話し合ったリノリウム張り。その「那智」は敗戦前年の秋、米海軍の猛攻を受けてフィリピンの海に沈んでいる。

その翌年の六月十九日の夜、二十歳の私は陸軍二等兵。福岡大空襲・B29爆撃機の焼夷弾の火の雨の真ん中で、転がり込もうとした塹壕から飛び出す火達磨の戦友に飛びかかり、草いきれの中に一緒に叩き付けられた。その場所は他でもない少年緑の日々に、よく鮒を釣って遊んだ私の二十四聯隊・場内練兵場である。

（二〇〇〇年十二月）

英会話

今の中学生は英語の授業で「筆記体」を教わらないし使わない、入学試験に英文を「書く」ことがないから、と聞いて驚いた。最近の駅周辺や地下鉄の中吊り広告には英会話教室の広告が溢れ、新聞には「英会話聴き取り練習教材」の広告が紙面一杯、それも文法や読み書きはいいから「会話だけ」、「喋るだけ」の宣伝、と読んで考える。「読み書き」が何よりの基本で、一応習得すれば、会話はそれなりに出来るようになると体験的に思うからだ。

一九四六（昭和二十一）年の冬、疎開先の隣組からの動員で復員時の軍服に防空頭巾を被った私がトラックに積み込まれ、春日原の米占領軍基地に使役奉仕に通った時のこと。「この中に英語の出来る者いるか」と言うのを、旧制中学の後輩のI君と「あんなこと言ってるぜ」と囁いて、米軍の軍曹に「ヘイ、そこの二人！」と指さされたのが私の英会話の事始め。「エニワン・スピーク・イングリッシュ？」ぐらい、敗戦ぼけ真っ最中の私でも分かったのだ。一緒にトラックで運ばれて来た皆さんには申し訳なかったが、マッカーサーの命令なら仕方がない。即、労役免除で、一応通訳。でもすぐ、「鉄砲磨きに戻してつかぁさい」と訴えたほど往生した。

「ここに溝を掘るのか」と聞く私に「溝」の英語が出ない。「キャナル（運河）を掘る」で事が運ぶのに驚く。今の博多でなら幼稚園児も知っているキャナル・シティのキャナルだが、中学三年の「リーダー」の「スエズ運河」の一節を暗唱させられた時に覚えた単語だ。

やがて大佐の肩章の方が、私の苦し紛れの中学二年のテキスト通りの英語を「おお、オクスフォード英語だ」と驚き、「私をジミーと呼べ」と話しかけ、「帰る時、アメリカについてこないか、あちらの大学に……」とまで、手足全部動員のジェスチュア会話が展開された。その場に恩師がおられたら卒倒なさること請け合いのものだった。

大佐なら日本の軍隊では雲の上の聯隊長殿。遠くにおられるのを見かけただけでも「捧げ銃」の敬礼をせねばならぬ。その大佐殿が「俺をファースト・ネームで呼べ」と、友達扱いで占領地の敵方の復員失業青年に呼びかけるのだから仰天した。

分解した五・六挺《ちょう》のライフル銃の部品全部を大きなアルミ盥のガソリンの中にぶちまけて、ブラシで擦り、それぞれ（元の鞘でなく）手当たり次第に組み立てる。それを民間人、しかも日替わりで現れる使役に任せるのには恐れ入った。

菊のご紋のついた小銃を掃除（などと言えばぶん殴られた）手入れする時、分解した部品を別の銃のと間違えようものなら、即、重営倉（兵営内の拘置所）が待っていた帝国陸軍の最下級兵士だった私にとっての異文化初遭遇（カルチュア・ショックの言葉はなかった）は、これら思いがけぬ敗戦時英会話体験と一緒に始まった。

国際化など言わなかった六〇年代の博多港にも年間五百隻を超す外国船が入港して

いたが、私はその頃、福岡市港湾局のPR担当で、初入港外国船への表敬訪問が任務の一つだった。勿論、市役所に専門の通訳のいる時世ではなく、突然の指令に驚く私が「モウ少シユックリ話シテクダサイ」と口の中で繰り返しながら初めて岸壁に出向いた時は、幕末浦賀沖の黒船に談判に乗り込むサムライたちの心情がこれかと考えた。そのうち、イタリア船長が、「私の英語も学習して覚えたもの。上手ではない。お前も英語が下手なので、など言い訳するな」と励ましてくれた。

そう聞いて、スペイン人もギリシャ人も英語が母国語でない船長の中には、私と同じくらいヒドイ英語で世界中の港を回っているのがいるのを知る。

母国語でないから下手で当たり前、必要なのは互いに分かり合おうとする意思と努力、と派手なジェスチュアで話すイタリア船長の説得力には動かされた。

下手で当たり前！との居直りに始まる私の英会話は、その後の短くもなかった宮仕えの間、幸いにも国際問題になるような失敗は残していない。

（二〇〇一年五月）

轟沈・誤爆

一九四一（昭和十六）年十二月十日は、私の旧制中学五年生最後の期末試験の三日目だった。前々日の真珠湾攻撃の大本営発表以来、ラジオにしがみついての試験勉強が手に付くはずがない。そこへ追い討ちをかけるのが、マレー沖海戦の臨時ニュース、「戦艦レパルスは瞬時にして轟沈！」。

この初めて聞く「轟沈」の語感には、完全にしびれた。もう一隻の戦艦「プリンス・オブ・ウエルス」のほうは撃沈で、こちらは雷撃機の集中攻撃を受けて満身創痍のまま、最後まで壮烈な抵抗を試みた上での沈没だった。轟沈とは一分以内での沈没。いくら何でも一分以内ではあるまいと、『広辞苑』で確かめたが、やはり一分。

真珠湾の時は、寝耳に水のニュースでそのショックが暫く治まらなかったが、今度はもう三日目、それも世界一の英国海軍と渡り合っての「轟沈」だから、これは本物……とこの辺りから万事おくての私にも神州不滅、必勝の信念が根づくことになる。この轟沈の用語は日本軍の攻撃成功の際にだけ使われて、後に戦局が悪化して海の藻屑と消えるこちら側の犠牲が増えはじめる頃には使われなくなったようだ。

轟沈　轟沈　凱歌があがりゃ
　積もる苦労も　苦労にゃならぬ
うれし涙に潜望鏡も　潤む夕陽の
　うるむ夕陽の　インド洋

当時の少年たちが歌ったこの歌詞の「凱歌」の後ろに、命を失う幾多の敵味方将兵や遺族の痛恨があるとの今日的発想はまるでなかったし、「積もる苦労」が世界の各地で若者たちが、朝夕を「人殺し」の訓練に没頭していた苦労に他ならぬこと、「うれし涙」と本当に思っていたのかの反省も皆無だった。

この殺人用語「轟沈」の初見から「敵ヲ知リ己ヲ知ラバ百戦危ウカラズ」の孫子、千五百年前の教訓を思い知らされるのに周知のとおり四年とはかかっていない。

六十年後の今、すでに死語となっているこの「戦争用語」を私に思い出させたのは、昨秋以来アフガニスタンの大地に展開される廃墟と焼野が原、その中の飢餓と貧困、殺戮に苦しむ人々の修羅場・地獄絵図が、米軍機の「誤爆」によると報道されるのが、どうしても納得いかぬからである。

誤爆であれ、照準どおりの正確な爆弾投下であれ、家を焼かれ、命を奪われる方にとっては同じ理不尽な虐殺に違いない。それを自らの罪悪感、後ろめたさを薄めるためか「誤爆」とする米政府の発表、それをそのまま大本営発表どおり「うっかりミス」程度に翻訳して全世界に報道するメディアも言語道断だ。

片手を挙げて、「やあ、間違えた。ごめん、ごめん」で済む話ではない。「誤って改めざる、これを過ちという」(孔子)。それが二度や三度ではない。誤りなら改めるのが筋で、それを「連日の」誤爆と平気で書く無神経さは理解に苦しむ。その誤爆の雨を地上で浴びる人たちの人命が完全に無視されている。

私自身の体験だが、生まれ在所を焼野が原にされ、幾多の知人・近隣の人々の被爆死になす術もなかった地上の被災者の目には、あれは「盲爆」であり「無差別攻撃」で、決して「誤爆」などではない、やられる側の人間にとっては、どう呼ぼうと、一方的な殺戮に他ならなかった。

その福岡空襲（一九四五年六月）の次の日の「西日本新聞」朝刊に、「けふにも反復来襲、急げ不燃洞窟都市」との緊急アピールを発見する。

洞窟都市！　そこまで追い詰められていた嘘のような惨状が郷土福岡にもあった。私が帝国陸軍最後の初年兵だった二十歳の夏で、それを今、先日のように思い起こす。

（二〇〇二年三月）

福岡漁港・船溜り

六月。今年もこの月十九日、福岡大空襲痛恨の日が私には来る。五十七年前のこの夜、米爆撃機Ｂ29の叩き付ける焼夷弾の火の雨が炎上壊滅させて以来、二度と戻ることのない私の生まれて育った街は、その夜まで今の福岡漁港船着き場の近く湊町、古老がスジカエ橋と呼んだ場所にあった。

荒津山（西公園）東側直下の旧福岡藩船入所の跡、昭和の初めまで水上飛行機の基地がこの船溜りの東端にあったそうだが、私の記憶にはない。既に埋立工事の浚渫船

（「野田丸」）、曳船（「木之関丸」）、第一・第二土運船の連合艦隊（子供たちはそう呼んだ）の停泊地に変わっていた。（子供の目には）広い海面は今の岸壁の姿に変わるまで、中央部にナカスカと呼ぶ干潮時にだけ出現する干潟が格好の遊び場で、シャコやマテ貝の穴に塩を注ぎ込んで捕らえることが出来た。夕刻はボラ釣り船の一団が博多湾沖から次々に帰港するのを、バケツを片手に岸壁で出迎える風物詩が展開されもしていた。

博多の街に正午を告げる午砲（ドン）は一九三一（昭和六）年三月の廃止と『福岡市史』に残るから、私の簀子尋常小学校入学の年だ。私たち悪そう連は、昼には舟曳場のすべりガンギ（石段）に腰掛けて並び、対岸の波除堤の先端ソンゲンと呼ぶ辺りのドン撃ち場を見詰めていた。パッと白い煙が立ち、それが拡がって青空に吸い込まれる頃、やっとドーンと音がして……そのいつもの音をいつものように聞いたことに満足して午前中の遊びを解散したものだ。そのドン撃ち場真下の岩場は、ガサメ（わたり蟹）採りの穴場でもあった。

この牧歌的な船溜りが大変身を遂げて今の西日本最大の水産基地の地位を確保するに至る発端は、一九三四（昭和九）年秋に始まる徳島遠洋漁業団の方々の集団転入とそれに続く底曳き網漁業基地の定着という英知と決断に他ならない。それまで毎年九月から次の年の六月までの十カ月間、長崎県五島列島の玉之浦を基地にしていた徳島県の三漁港（日和佐、由岐、椿泊）の合わせて三千八百名の家族と一五〇トン以内の漁船三百隻からなる遠洋漁業団が、福岡市の誘致に応じて集団移住を決意されたのだった。

一九三四（昭和九）年秋、まだ埋立中で整備も不完全な船溜りに家財道具一式を積んで入港した第一陣の中には、干潮で立ち往生し、やむなく魚洗い用の盥を海に浮かべ辛うじて上陸、という苦労話も伝えられている。翌一九三六（昭和十一）年の第二次、続く年の第三次で初期の大移住は完了するが、ちょうど蘆溝橋事件勃発の年。やがて始まる戦中・戦後を通じての苦難の日々の最先端で蛋白食糧・水産資源確保に未曾有の大活躍が展開されたことが、今日の活気溢れるこの漁港一帯を形成する歴史的事実となっている。

当時、小学四年生の私の教室にも、十名近くの「阿波言葉を話す」転校生を迎えたのだが、毎年四国と五島の間を海路、定期的に転校を繰り返し、一年を通じて同じ土地での陸上生活は初めて、という少年たちとの出会いは強烈なカルチュア・ショックだった。この逞しい海洋生活文化の担い手たちが運んできた新しい波、そのエネルギーは先住市民の暮らしにいち早く溶け込んで、いささかの阿波訛りのまじる福岡言葉という独特の言語生活もこの界隈に出現させ、新しい活気を周辺にもたらしてもいた。

有史以前から米作文化、大陸文化の輸入口として庶民文化史上常に新風を受け入れた博多湾沿岸の街らしい話として、誇りに思う生まれ在所ではある。

（二〇〇二年六月）

ちゃっちゃくちゃら

もう数年前のこと、「その匙《さじ》取ってくれ」と言うのに小学生の孫が、キョトンと私の顔を見つめるだけ。やがて「なんだ、スプーンか。お祖父ちゃんエイゴでサジなんて言うもんやけん」と。分からなかったのだ。匙が英語！　全く不思議な時代まで生き残ったものだと苦笑はしておいたが、考えた。

この福岡に生まれて育ち、馬齢を重ねて七十八歳。この地以外での生活の経験がないので、私の生活用語の主流は博多言葉と、よそ行きの時の「行かず東京弁」だけ。最近、細君が「要らんさいたら！」と娘を叱ったので、娘も本人も驚いていた。娘はその意味が分からず、細君のほうは使ったことのない博多古語が飛び出したのに驚いたようだった。この人は博多の生まれではないが、半世紀以上もここで暮らすうちに、連れあいの口癖（と言うほど使った覚えはない）が口に出たものらしい。この雑文を読まれる方の半数はお分かりだろうが、「余計なお世話」、「ほっといてくれ」ぐらいの意味だ。

文章教室で、よく「そうつく」と「うろつく」の違い、「びったり」（不精者）の用例などを質問される。そんな時、死語に近い博多言葉が私によみがえる時の嬉しさは、そう「てんてれやぁす」教えられるものではない。

杖立《つえたて》でチャッチャクチャラの博多ッ子　舟可

私の川柳の恩師日下部舟可先生のこの句も、三十年も前の博多の住人ならなるほどと膝を打つはずのものだが、この情景も慣習もすでに昔のことかもしれない。七月の祇園山笠の打ち上げに、手頃な近郊の温泉宿で羽目を外す……とても家族には見せられぬ博多の大将たちの年に一度の行状記、……とにかく、もうチャッチャクチャラですたい。

南公園内の動物園に勤務していた時、お客様のマナーが目に余るので、パンフレットに「餌や小石を動物にコツケないで下さい」と書いたところ、「こつける」という動詞の意味が分からぬ人ばかりなので驚いた。「いや、単に『投げる』、東京弁での『ほる、放る』ではない。『狙い定めてあてる』だけではない。『痛い目に遭わせるのが目的で命中させること』」と説明したが、これが博多独特のしかも少年期の言葉とは知らなかった。野球のデッドボールでも、手元が狂った投球ではない、「故意死球」だと説明しながら、何と意味深い郷土の言葉だろうと是非残したかったが没にしたことがあった。

その動物園恒例の「動物写真募集」で、審査してもらった写真家の光安欣二君が、応募作品を選り分けながら、「うん、覚えとる」と感動を繰り返したことがある。小学校の同級生で幼馴染みの仕事を手伝っている気易さから飛び出す悪童時代の用語だが、この際の「覚える」は単なる「記憶にある」ではなく、「上手だ」、「よく技術を習得している」との褒め言葉、感嘆詞だ。

当時流行の遊びの一つ「独楽《こま》回し」で、地上に回るコマに高等科の大将がふりかざして一閃《いっせん》、見事に「コツケて」相手のコマの息の根を止めるイッチョキン! 尋常科の下級生たちは手を叩いて「覚えとんしゃぁ」と叫んだものだ。

その日の晩だったと思うが、確か櫛田神社での集まりで、グラフィックデザイナーのあの西島伊三雄氏が、テチンゴウ(退屈紛れ?)に傍のリンゴをスケッチしておられるのを、覗き込んだ私が「覚えてござぁー」と声を掛けた。こちらも同年輩、昼間の動物園での光安君の言葉が残っていたからである。すると西島氏は、「覚えとろうが」と嬉しそうに答えられた。それが少しも「こうかる」(自慢する、威張る)ふうには聞こえぬのが嬉しい博多の少年たちの言葉だった。

同年輩のそのお二人共すでに鬼籍に送った後の私には、この種の言葉遊びのできる相手がいない。もう英語の匙にも、ヤングたちの隠語的カタカナ単語にも驚くことはやめにする。その暇があったら、折角組み込んでもらった「IT弱者組」に甘んじて、思う存分遊ばせてもらった、そして消えて行く私の博多言葉を、一つでも記録に残すほうに力を入れたい、とマジで考えている。

(二〇〇三年三月)

ＩＴ弱者

「先生、それ、マジ?・」と若い娘さんに聞き返された。先生（?・）と呼ぶからには敬語とまでは言わなくても、丁寧語を使うのが礼儀だろう……と昭和も初期の尋常小学校で日本語を習った老骨は考える。

「マジ?・」が「真面目な話ですか?・」と疑うのなら、人生の先輩に対して非礼極まりない！　と腹を立てたら、「そげな時世タイ」と同年輩に軽くいなされた。これも気に食わない。

もう随分前、「嘘ォ」、「ほんとォ」とまず相手を疑う、それも会話とは言えない簡単すぎる感嘆詞（?・）で片付けるのが流行りはじめた時も、同じ思いをした。

そして「初めて聞いた！　今日聞いた！」と子供の頃、何でも知っている級長君のビッグ・ニュースを迎えていた囃子《はやし》言葉を思い出した。更にこれが「あしたの晩に、聞きなおそう」と続くのだから嬉しい。

明日の晩まで持ち越すこのメッセージ受け取り・消化の時間感覚。

テレビもパソコンも、メールも携帯電話もなく、いつも何かに追われているプレッシャーもない時代の日々は、今に比べて同じ二十四時間でも十分に余裕があり、「嘘ォ」、「ほんとォ」で片付けねばならぬ必要はなかった。

丑年生まれなので、いつも二番手なら上出来。何事も人様より先に飛び付く意欲は欠けているので、「イロハ順一生損をする男」（青鳥）と川柳の先輩が心配してくれたほど「仕事負け」するふうたんぬるい男を演じてきている。

敗戦五年目に始めた地方公務員宮仕えの間でも、次々に出没する文明の利器、例えば計算器にまずついて行けなかった。右手のハンドルを時計回りにまず回し、チンと鳴ったら巻き戻す……と、アラ不思議、数字が労せずして出る例のタイガー計算器。これを、恥ずかしながら新人職員の娘さんに頭を下げて特訓してもらい、予算要求書の数字をやっと出して、新しい辞令の責任を果たせた体験を忘れてはいない。

そのグルグル・チンの文明の利器の命もそう長くはなく、慣れた頃にはもうデンサン、あの電子計算機の時代に変わる。何事にもワンテンポ遅れの私が、最後まで使っていたのがソロバン、それも五つ珠《だま》。見渡して全課員のうち、私の他は（五番めの珠は無駄との戦時下の要請で削除された）四つ珠を使っていた。

定年退職して二十年、昔の職場の窓口に立って驚く。こちらの告げる電話番号だけで、原籍地、住所から始まる一件書類を、まだ窓口を立ち去らぬ私の目の前で出してくれる、それがコンピュータの仕業だそうで、驚きのあまりお礼の他は減らず口のひとつも叩けないでいる。

自分の書いた原稿を読むのに苦労するほどの悪筆なので、清書のために使用するワープロが私の唯一の現代文具だが、これもパソコンの普及に押されて製造停止、印字用テープの入手もあと数年の運命と聞いている。その日進月歩（?）の「IT革命」に追い付こうとの無駄な努力をするには、残された歳月が勿体ない。

だが考えてもみる。テレビ・ゲームなどのない「子供は風の子」と屋外での遊びが満喫できた時代に比べて、今日、都心の街頭でも、道を歩きながらでも、業務連絡だろうか携帯電話を真剣な表情で握る働き盛りの青年たち……何故人々はいつもこんなに追っかけられるようになったのだろう。

中学時代に覚えて口ずさむ島崎藤村の詩がある……。

脇目もふらで急ぎ行く　君のゆくへは何処ぞや
琴、花、酒のあるものを　止まり給へ　旅人よ

（二〇〇三年七月）

初庚申

十七日の日曜はお天気もよし、申《さる》の年の初庚申《はつこうしん》とあって福岡市藤崎の西区役所前の歩道に二〇〇メートル以上もの列が続いた。縁起物のサルの面を受けようとする参拝者の列で、博多の旧い商家なら、軒先に筥崎様の〝汐井てぼ〟と並んで

飾ってある「災いをサル」の焼き物のお面だ。

地下鉄工事の終点近くで、バスもタクシーも渋滞でごった返している車中から、ドライバーたちが驚いて見ているが、日頃そんなお宮があるとは誰も気付かぬ所なのだ。

「行列ができたのは今年が初めて」とか「大阪の知人に頼まれて三つ頂きたいが、この辺までありますかな」、「他人に頼んだのは御利益ありまっせんバイ」など話が弾む。

ベレー帽の老人が「私は全国の猿田彦神社を撮って回っているが、福岡に住んでいながら、このお宮のことを知らなかった。観光行事化している祭りと違うて、嬉しいですな。ある日突然、一日だけ賑ぎわうなんて、ゾクゾクします」と、しきりに行列の中からシャッターを切っている。

毎日バスで通る所だが、猿田彦神社と染め抜いたノボリに気がついたのは私も初めてだ。

これは一九八〇（昭和五十五）年の二月の「西日本新聞」の夕刊コラム欄に私が残している記事だ。

それから二回《ふたまわ》りめの申歳、今年は十一日の休日が初庚申。長年の無沙汰のお詫びを兼ねてお詣りしたが、地下鉄藤崎駅から地上に出て、わが目を疑った。お宮の前はまるでどこから湧いて出たのかの人だかり。「ここの真後ろ辺りに並んでください」と言われる、その真後ろは、四列に並ぶ列が二百人どころではなく、曲がり角まで五〇メートル（目測）、更に曲がり角を二つを越してマンションが並ぶ大通りの中ほどまで。

その列の後尾に付いたのが私の時計で九時十五分。聞けば、早朝五時半に「お面受け」は始まっていた。十分も経って振り返ると、更に行列は続いて次の曲がり角を南に折れている。「毎年来ているが、こんなの初めて」、「私は直方から来ました」、「私は唐津から……」。結局一時間半、この善男善女と「牛歩前進」を一緒にした。途中、知人を列に誘い入れようとする人も、割り込ましてもらおうと物欲しそうな顔をする人もないのには、何故か感動さえした。声高にお喋りする年配でもなく、人を押し退けようともなさらない。

帰宅して私のギネス・ブックに「一時間半の行列待ち」と書き込んで、旧い記録を繰ってみたら、一九八三（昭和五十八）年の例の夕刊コラムにこう残していた……。

国道に面していながら、いつもは忘れられている場所だが、この日だけは氏子さん達が白装束に黒羽織、真剣な手つきで、サル面が割れないように新聞紙で包んでくださる。

流れ作業でサバいたらと思うのは、信心の足らぬ罰あたりの考え。暖冬というのに着膨れた善男善女にはイライラの表情もなく、一歩境内を踏み出せば交通戦争の修羅場、街の真ん中で、束の間でも争わずに授かり物の順を待つ。その程度のゆとりは持ちなさいとの「庚神様」のお諭《さと》しが有り難い。昨年のお詣りの翌日の例の羽田沖航空機墜落事故で九死に一生を得たのは、このお詣りのお陰と本人も私も思っている同僚のT君が今日も来ていた。

そう言えば、今年のこの何万とも思える人波の中にこの知人の顔は見受けなかった。後日、「朝の十時頃、異様な行列をバスの窓から見たが、それが帰りの三時頃、まだ続いていた」と長崎からの方の目撃談には私も驚いて、解説に少し念が入りすぎた。

（二〇〇四年二月）

手習い八十

何事にも仕事負けする男で、特にメカには人一倍弱い私が、この夏、パソコンに挑戦することを決めた。

自他共に認める悪筆の「雑文書き」が、清書のために愛用しているワープロの調子が悪く文字が不鮮明に出るので、相談した電気店の孫みたいな若い店員君に「この種のワープロはもう製造中止です。かわりにパソコンを……」と、事もなげに言われて考えた。

この年でまた新しい文明の利器への挑戦……と一瞬たじろいだが、生来の好奇心丸出しが不覚にもよみがえり、前に「IT弱者」など自慢にもならぬことを粋がってこの欄に書いたのは取り消すことに決めた。

実のところ、二十一世紀の地球上で暮らすことは私の生涯プログラムにはなかったおまけの人生だから、やりそこのうてもともとの、言い訳も用意してからの発車である。

「人生五十」の頃のラスト・チャンスの挑戦を「四十の手習い」と聞いていたが、平均寿命が八十歳に迫る今日では、余命はたっぷり、その頃の三倍はあるはずだ。でも、少し気になって『古語・諺辞典』（東京堂版）で確かめたら、「四十の手習い」など何処にもない。

驚いてさらに探すと、「出典・親父気質」として「今まで見たことのない新町（大阪の色里）通い、これ六十の手習い」とあり、はなはだ下世話。今日の生涯学習思潮とは程遠い。そして「八十の手習い」の項にやっと「齢をとってから学問を始めること」とある。

八十からとはねえ、やはり昔の人にはかなわない……と私の雑筆記録集に残る二十年も前の拙筆エッセイ。今、私は馬齢を重ね、数え年でその八十歳。『暮らしの中のことわざ辞典』（集英社版）に「老人に不似合いな元気のよい所業・老人が無理をするのを、冷やかしたり、戒めたりするときに使う」との説明がある「年寄りの冷や水」と同様、私は周囲の皆が励ましてくれていることと勝手に解釈することにしている。

「老人の忠告は冬の太陽の光線、照らしはするが温めはしない」（ボーブナルク）

この警句を私は戒めの言葉と受け取っていたが、それが三十二歳の若さで貧窮のうちにパリで客死した十八世紀の思想家の言葉と知って、しらけた気持ちになった……と私が書いたのも、まだ若かった二十年も前のことだ。

こんなことを平気で言っておいて、その老人にもならず、さっさと人生を終えたとは随分いい気なものだ……と付け加えている。

その老人になっている私は今、加齢相応の「物忘れ」は進行し、部屋中の「物捜し」は日常のことになっている。

正直言って、尋常小学入学以来のこの人生幾度目かの初心者体験は、まるでカタツムリの歩みのように遅々として進まない。

例えば、「このトリセツに書いてありまっしょうが」と親切に教えてくれる若い助言者たちに、「虫眼鏡で見にゃならんほど小さな文字で……しかも、素人には分からんカタカナの専門用語ばかり、『取扱説明書』とちゃんと言ってくれねば困る」と心ならずも当たりたくもなる。

それでも、中欧クロアチア、ザグレブ市の知り合いの女性作家に初めて送った電子メールに、送ったその日に返事が来たのにはもう吃驚《びっくり》仰天、絶対ものにするぞ、との意気込みに拍車がかかっている。

月に一回、成人病センターで診てもらっている血糖値にもいい影響があっていると自己診断している。

（二〇〇四年十二月）

認知症

「認知症」という奇妙な病名（?）が使われればじめている。新聞記事には「認知（痴呆）症」とカッコ付きで載るので、まだ市民権を得ていないネーミング。「痴呆」と呼ぶのは相手を蔑視している、人権問題だとの発想からの改名と聞くが、でも、「認知」とはねぇ。呼び変えたら痴呆・ボケの症状が好転するわけでもないし、より的確な病名で正面から症状と取り組んでもらうのが家族もお望みだろう。この病名を蔑称と受け取るほうが、差別の視点だと考える。

馬齢を重ねてこの二月、私もとうとう八十歳、自他共に許す本物の年寄りになってしまった。加齢相応の体力・気力の退化は、他人に言われなくても本人が一番知っている。例えば、精一杯歩くのに、若い娘さんたちの細長い脚がさっさと追い越してくれる。もはや、歩兵操典で覚えた「一歩・七五センチ」や不動産管理の業界で「一歩

・六五センチ」が歩測の基本と聞く脚力に戻れはしない。
お互いに血圧を尋ね合うのが挨拶代わりだった同級生とも、「この頃、物忘れが多くて……」、「俺もそうたい、一日中、物捜しばかり」、「ボケの始まりやね」、「いや、もう、だいぶ進行しておる」など、ボケ・痴呆と呼ばれて気分を害することは、少なくとも私にはない。それよりも、ボケでも痴呆でもよいから、どうにかならんものかと本物の老人になった私は考える。

今、この雑文が書けるぐらいだから、私のボケ進行度はまだ軽いほうだろうが、正直なところ、「物忘れ」の進行度は相当なもので、特に人名を思い出すのが致命的に弱い。

今朝家人に頼まれたことは忘れても、随分昔のことは案外覚えている。先日も「初めて書いた文章は……」との取材に答えたのが、尋常小学の時に書いた綴方「満州の兵隊さんへ」。しかも、驚くべし、その慰問文の返事が来た兵隊さんの駐屯地がソ連国境の綏芬河《すいふんが》(ロシア名でポクラニチナヤ)、と七十年後の今でも覚えていた。この記憶力の持ち主が、かなりの時間話し合った相手の名を別れるまで思い出せないのだから、ざまぁない。

月に一度検診に通う早良区の成人病センターでは、糖尿病を成人病と呼び変えたが、さらに最近「生活習慣病」と呼ぶようになった。糖尿病はそんなに破廉恥な病名ではないと患者のはしくれ、私は考える。病院の名はまだ「生活習慣病センター」にはなっていない。

その「言葉遊び」で、もうひとつ馴染めぬのが例の「看護師」。看護婦さんの時には痛くなかった採血の注射針が、白衣の胸の名札が「看護師」に変わった時から痛くなった。

事実、昨年秋の中越地震で、土砂崩れに埋没した乗用車からただ一人救出された男の子を「女性看護師」が抱き取ったとの新聞記事。わざわざ「女性」を頭につけねばサマにならぬ看護師！

韓国テレビで評判の『宮廷女官チャングムの誓い』で、「糖尿病」と日本語に吹き替えの科白が出たのには感心した。十六世紀の朝鮮王朝の宮廷内の物語にあるはずのない現代医学名の「糖尿病」。「肺結核」も「恋わずらい」も纏めて「労咳《ろうがい》」の診断で済んでいた江戸時代、その二百年も前の話だ。無茶な時代考証……と一瞬思ったが、考え直した。二十一世紀の視聴者向けドラマだから、他にどの日本語に訳せば分かる病気だろう、すべてがフィクションの世の物語だから、それでいい。

痴呆なら痴呆、ボケならボケと、より分かりやすい病名のほうがいい、とその階段の昇り口にさしかかっている私は考える。

「この朝晩二回のインシュリン注射は、いつまで続けねばならんのですか」と聞いた時、「あなたが、お亡くなりになるまで……」とあっさり言われて私の治療は始まった。糖尿病が成人病に変わろうと生活習慣病になろうと、あの時の若い女医先生の指示通り患者の私は素直に実行している。

（二〇〇五年五月）

オンクロ・モリの散歩道

*以下は『デューダ』（学生援護会）連載

ありがとう

国際化など言わなかった三十年前でも、博多港は年間五百隻もの外国船を迎えている。当時、私は福岡市港湾局のＰＲ担当、初入港の外国船への表敬訪問が仕事の一つだった。英語は敵性語とされた戦時下の学生で、英会話の経験が全くゼロの私は、その辞令に晴天のヘキレキと驚いた。勿論、地方自治体に専門の通訳職がいる時世ではなかった。

「モウ少シユックリ話シテクダサイ」と口の中で繰り返しながら、初めて岸壁に出向いた時は、幕末浦賀沖の黒船に談判のため乗り込むサムライたちの心情がこれかと考えた。日本語の通じぬ大男たちに狭い船室で取り囲まれる体険など、滅多にあるものではない。深呼吸の後、英文の市長メッセージを読み上げ、「ジス・イズ・ハカタドール（人形）、メイヤー（市長）からのプレゼント」と言い終わった途端、「マンガタッケ」と金髪、毛むくじゃらの腕が握手を求めてきた。握手の時、頭を下げるのは日本人の悪い癖、相手の目を見つめろ、と聞いてきた私はしっかりと目を見開いた。

この時のデンマーク船長の「ありがとう」が、今も覚えている唯一の私のスカンジナビア語で、その後ノールウェイ、フィンランドの船長たちにもこれが通じたらしいので、俄然、勇気が出てきた。

やがてイタリア船長が「自分の英語も学習して覚えたので、上手とは言えない。お前も英語が下手で……など、言い訳はするな。日本人は英語は知っていても『アイ・ドント・ノウ』の他は遠慮ばかりしている。何故オレたちにも、綺麗に言えるその『アイ・ドント・ノウ』みたいな英語を使ってくれないのか、不親切だ」と言い出した。

そう聞けば、スペイン人もギリシャ人も、英語が母国語でない船長の中には、私と変わらぬくらいヒドイ英語で勇敢に世界中の港を回っているのも少なくない。母国語でないから英語が下手で当たり前、恥じる必要はない、必要なのはお互いに分かり合おうとする意志と努力……派手なジェスチュアで強調するイタリア船長の説得力には動かされた。下手で当たり前！と私は繰り返し、度胸をきめた。まず、日本には何度も来ていると言うイギリス船長に「では、日本語が上手に喋れるでしょうね」と聞く。すると、日本語ダメのこの親日船長が、気の毒なほど恐縮した。じゃあ仕方がない、私のこの英語で、と恩を着せて話を進めることにした。

英米人相手の時、どうしても「英語がまずくてすみません」と詫びる姿勢から始まるが、それでは対等・自由な交流は望めない。同じ目の高さ、どちらにもハンディなしの対応こそコミュニケーションの基本、とギリシャ船長も同じことを言っていた。

結局、そのイギリス船長との話はこれまでになく弾み、私の「下手で当たり前英語」はそれなりに恰好がつき始めた。以後十年間、別に国際問題になるような失敗は無かった。岸壁を離れて二十五年、私のその英語はすっかり錆びついているが、船長たちがサイン帖に残してくれた心温まる言葉は今も大切にしている。

順不同に……マンガタッケ、サンキュウ、テレマカシ、グラチェ、スパシーボ、メルシー、カムサムニダ、ダンケ、グラシャス、謝々、アサンテ、フェスカリストォ、ムコーィ、サワディ、ダンカスヴィン……そして私の〝ありがとう〟。


（一九九一年十月）

冷たくない水

今、物情騒然のユーゴスラビア、クロアチア共和国の女性作家スポメンカ・シュティメツが、一九八八年夏の日本列島縦断旅行の記録「出さなかったニッポン便り」の中に、琵琶湖畔国民宿舎でのエスペラント研修合宿に参加した際、宿舎の浴場で受けたカルチュア・ショックの活写がある。

「入浴するにはまず、小さな容器に汲んだ水で自分の身体の汚れを洗い落とさねばなりません。そのために小さな腰掛けも用意されています。この洗浄が終わって初めてメインの浴槽に入れるのです。身体を洗うのは既に終わっているので、浴槽では身体を温めるだけです」のあたりまでは、なるほどとうなずく異文化紹介だが、次の記述には驚いた。「皆がみな同じ温度の熱さを辛抱できるはずはないのに、日本の人たちは明らかに、いろんな熱さに耐えることができるのです」。これは後の章に出てくる盛岡での高等学校参観の感想に、「日本という国は『飛び出した釘は叩かれねばならぬ』という諺が定着している国、つまり『個性』ということが禁じられている、そんな国です」とあるのに無関係ではないと考える。彼女は、男女の高校生が「嫌だとは言えないキビシイ制服」を着ており、ボタンやリボンの数、ポケットの飾りまで規制されているのに興味を持ったようだ。

この本を日本語に翻訳するのに。両方の言葉が内包する少なからぬニュアンスの違いに意外に戸惑った。例えば、先の入浴シーンで「小さな容器に汲む水」はあきらかに日本語の「湯」のはずだが、私はあえて原文（エスペラント）の通り「水」と訳している。そのほうが、彼女の受けた（と同時に私も痛感した）カルチュア・ショックをより的確に伝えられると考えたからだ。

と言うのは、ちょうどその翻訳をしていた一九八九年の秋、私はペレストロイカ後初めてのソ連エスペラント仲間の訪問を福岡に迎えて、似たような体験をしたばかりだったからである。

モスクワ高等音楽学院ピアノ科と作曲科の二人の女性教授ガリーナとエレーナは、福岡到着の時から「海を見たい」と何度か私たちに繰り返していた。「海ならいつでもいくらで見れるよ」と言っていた私たちが、ハード・スケジュールの二人をやっと海岸に連れ出せたのは滞在三日目の最後の日、それも午後の五時を過ぎていた。

　この時刻の海なら西区小戸のヨットハーバーの落陽に限ると案内したのだが、展望台のほうには目もくれず、波打際に直行した年長のほうガリーナが「泳ぐ」と言い出したのだから仰天した。「無茶な！　水が冷たいよ」、「いや、温かい。こんなに沢山水があるのに、何故だれも泳いでいないの？」、「冗談じゃない。十一月も末、それにこの夕暮れ」といった押し問答の間に、さっさとジーパンを脱ぎ、セーターを取ってのビキニ姿！

スポメンカ・シュティメツさんと
（1988年８月，太宰府）

「この方向が朝鮮半島ね、モスクワはその陸続き」と、大きなウインクを残して博多湾を能古島のほうに向かって抜き手を切りはじめたものだ。

　こちらも景色には殆ど目もくれず、四歳の坊やへのお土産にと何の変哲もない貝殻拾いに夢中だったエレーナとの話で知ったことは、今の時期、氷の張っていない海なんて素晴らしい、日本語の「水」には「冷たい」とのニュアンスがあるが、氷や雪が溶けて……水になる、「温かさ」に繋がるのがあちらの「水」ということらしい。

岩陰から着替えて現れたガリーナの満足の表情、極東・日本列島の暖かい冬の海で泳いだ喜びを全身で示すその天衣無縫ぶりに、胸が熱くなりさえした。と同時に、厳しい自然、風土の中での暮らしと私たちとの生活感覚のギャップを痛感させられたことだった。


（一九九一年十一月）

配り餅

古川柳に「正月にふりまわされる十二月」、「十二月人を叱るに日を数え」とあり、師走も二十日を過ぎると「数え日」と呼んで、江戸の昔にも心情落ちつかぬ慌ただしい歳末風景が展開されていた。

それでも「十二月世間に義理で碁を休み」という人や、「三人寄れば毒な夕暮れ」と「年忘れ」、つまり忘年会の相談ならすぐ決まる連中もいて、「数え日になってとそねむ年忘れ」、「年忘れ忘れずともよい顔ばかり」、「来年の樽に手のつく年忘れ」、「年忘れ隣も今朝は遅く起き」、中には「年忘れかせぐ息子が邪魔になり」という困った親爺様もいるのは現今とたいして違いがない。特に「酔うて帰った妻を見上ぐる」、この「俳風・武玉川」の時代を超えた庶民の暮らしの哀感が強く私の胸をうつ。

また「畳敷く助言の多い十三日」、「十三日富くじの出る恥ずかしさ」、「琴箱をもってまごつく十三日」、「手の甲に餅をうけとる十三日」としきりに「十三日」が古川柳に登場する。江戸城のしきたりに倣《なら》ったとかで、年末恒例の大掃除、煤掃《すすは》きは商家には少し早いと思われるこの師走十三日と定まっていた。

だから元禄十五（一七〇二）年のこの日、宝井其角が俳諧仲間の大高子葉（源吾）と両国橋で出会った時、この赤穂藩の失業武士は煤払い用の笹竹を肩にして売り歩いていた。その姿に「年の瀬や水の流れと人の身は」と問う其角に、「明日待たるるその宝船」とこの赤穂浪士は答えている。その「明日」が例の吉良屋敷討ち入りの日とは、少し出来過ぎたシナリオだが、「十三日」即「大掃除」と承知するマニュアルどうりのスケジュール消化で事が進行した太平の世の歳末があった。

もう一句、「江戸中で五、六匹食う十三日」。この五、六匹とは鯨のことで、おやつが「手の甲でうけとる」あんころ餅なら、打ち上げのご馳走は「鯨汁」と定まっていた。そして最後にこれも恒例の「胴上げ」。この奇習が今に伝わるスポーツや入試合格発表掲示板前の「胴上げ」で、かなり手荒なものだったようだ。予て恨みをかっていた先輩連は途中で落とされたり、器量よしの「おなごし衆」は裾を押さえて逃げ回らねばならなかった。「十三日下女まごついてとっつかまり」

その一方、「わが家にも来そうにしたり配り餅」（一茶）。

隣の園右衛門宅で餅つきの気配がする。例年通り餅が配られてくることだろう……

と妻女が作った朝飯も控えさせ、ほかほか温かいうちに頂こうと思ったのに、とうとう音沙汰なし。文政二（一八一九）年、俳人一茶、五十七歳の暮のこと。

どうもシマらぬ話で、粋や通を自慢し合った江戸ッ子から見れば野暮の骨頂。だが、十五歳で信濃を出て人生の大半を江戸で送った一茶は、「耕さぬ罪もいくばく年の暮れ」の句を残している。

この「耕さぬ罪」は出稼ぎ農民としての彼の心情生活に終生つきまとっていたと考える。一見、太平至極と思われる江戸庶民の暮らしの底辺には、これら労働者農民たちの屈折した思いが横たわっていた……と見れば、その時代思潮も案外今日的ではある。

「配り餅」の次に「ともかくもあなたまかせの年の暮」。この句を巻末に一茶は随筆集『おらが春』を完結させている。

（一九九一年十二月）

サル山異常なし

一九九二年、平成四年は申《さる》の年。サルの年だから今回はサルの話。

かねてニホンザルの社会は「顔見知り社会」で、ボス、準ボス、ワカモノ、コドモ、赤チャンという序列社会と知られてきた。

私が勤務していた福岡市動物園のサル山でも、飼育員の運ぶイモやピーナツなどの餌は、まず赤チャンに授乳中の母親から手を付け、ワカモノ以下は遠巻きに順番を待つというルールが確立していた。ボスと母子ザルたちが右手と左手を交互に息つく間もなく口に運び、その繰り返しが軌道に乗って初めてワカモノたちが手を出すことが許されていて、この「弱者優先」の掟は見事なものだった。

ところが、若い飼育員の間から、これは不公平、民主的ではない、「ボス支配の排除」を、というベテラン飼育陣には奇想天外の意見が出て、「サル社会の秩序を人間の浅知恵で乱してはならぬ」との常識論と対立することになった。そのうち、業《ごう》を煮やした改革派の一人が、一カ所だったイモやムギの撒き場を二カ所、三カ所と分散したが、結局はその暴走行為が、この問題をあっさり解決したのだから驚きだった。

つまり、今までなら、おとなしく待っているはずのワカモノたちが、何のためらいもなく、ボスの許可もなしに、さっさと新しい場所に移り餌を拾いはじめ、一方ボスも母子ザルも、このワカモノたちの「ルール違反」には見向きもせず、昨日と同じような顔付きで自分たちの食事に専念している。これには革命前後の混乱を心配して固唾を呑んで見ていた人間側一同、唖然とするばかりだった。

考えてみれば、野生の世界では、シイの実も果物も木の芽も至る所にあるのだろうし、餌が一カ所にだけあるのが異常な状況に違いない。その異常な状況に即して全員に餌が行き渡るようにとの配慮が、私たちを感心させていた「まず授乳中の母親から」のルールだったのだろう。その一カ所採餌の状況が解けるや否や、何の躊躇もなく、ごく自然に野生の方式に戻る、この彼等の英知と柔軟な適応に敬服の他はなかった。

有名な大分県高崎山の「ボス取り仕切り制度」にしても、あの環境、あの高崎山ならではのサルたち自身で開発した生活の知恵に他ならない。環境の違う福岡サル山での行動様式を高崎山の尺度で見るのは適切ではない。私たちが知っているつもりの既成概念ないし先入観の脆さを痛感させられもした。

文明社会の文化生活の中で心ならずも自然から遠ざかるうち、私たち人間が失ったもの、例えばこの種の教訓などを動物たちとの対話から学ぶことは多い……と口にもし、書きもしていたら、「人間をサルと同列に置くだけでなく、『サルに学ぶ』などとは言語道断。文明・科学の進歩で他の動物たちに差をつけて、万物の霊長と呼ばれる人間の誇りと尊厳をボウトクするもの」と叱られ（初めは冗談かと思った）、教育関係当局から取り消しを求められた貴重な体験を持っている。

万物の霊長！　人間の誇りと尊厳！　自分で自分を最高と褒めるような愚！　教科書・手引書がなければ自らの取るべき道が分からない愚か物！　残念ながら、人間以外のどの動物にも見当たらない。

（一九九二年一月）

雲南にて

中国西南部、海抜二〇〇〇メートルの秘境・雲南の省都が昆明。その東南一二〇キロ、ノンストップのバスで三時間の高原に天下の奇勝「石林」がある。セピアと灰色の濃淡、それにネズミ色の奇岩怪石が文字どおり林立して待っていた。

バスを降りた所に十代前半の娘たちが三人、ピンク・白・浅黄の染め分け民族衣装に肩から胸に掛けた幅広の黒い繻子の帯、「私たちサニ族です」ときれいな日本語で寄って来た。姉さん株の子が「こんにちは」、ついで三人揃って「よくいらっしゃいました」。ここ数日、私以外の日本語に飢えていた細君が「可愛い、可愛い」と連発する。昼は民芸品バザールのお店番、夕刻からは石林賓館で民族舞踊の踊り子として働く健気なサニ娘たちだ。「ほら、お友達」と指さす向こうには、バスから降りた幾組もの日本人観光団が渦を巻いているが、この娘たちとの接触は殆どないようで、「日本の人たち、あまり日本語を話さない」と不服そう。

雲南・サニ族の踊り子たち（1987年７月）

日本語での案内がよほど嬉しいらしく、その石柱、向こうの大岩、仲秋名月の晩、「私たちサニ族は皆この広場で踊るの」……更には伝説の美女アシマの物語。

日本語を話さない広州から同行の劉青年も、バスで知り合った重慶からの美人教師熊《シユン》先生も、出番がなくなって、おとなしくついてくる。

この二人に限らず、漢族の人たちは、ここに来て何か現地の人たちに「遠慮している」ようなのは意外だった。聞いていた「中華意識」の尊大さがまるでない。一方、日本語で歌ったり、雲南の山歌を草笛で吹くサニの娘たちの明るさは健康そのものだった。

ガイドのお礼にと包んだものを受け取ろうとはしない。細君が、あなたたちの刺繍など記念品は別に必ず買うんだから、と言ってもチップは固辞する。その固辞するひたむきなキリッとした表情に、飽食などの言葉が定着していない頃の日本の少女にもあったものを見た。「ナマ」（私）も「ニイ」（あなた）も「ペイレ」（お友達）もメモに書きとめる。「ニカブ」（ありがとう）と言えば、「どういたしまして」と笑う日本語がいい。「ドマコネリ」（さようなら）と言ったら、バイバイと手を振った。

サニ族のおばあさんと（1987年7月）

来週にでもまた天神の街角で「ニチャ」（今日は）と現れそうな人なつっこさだが、何より「私たちはサニ族」と胸を張って誇らしげに名乗るのに感動する。そして「少数民族」の語感が私に与えていた先入観を恥じたことだった。

日本語の「山奥」はまず、人の住まぬ処を意味する。ここ中国では桃源郷も竜宮城も、山奥のその向こうにあるのです、と熊先生が説明して下さった。事実、昆明空港の待合室は山と積まれた竹籠の松茸の匂いで一杯、北に帰る人は例外なくこれら野菜、山菜などを提げたり背負ったり、この秘境が自然の恵みの最も豊かな天地であることを物語っていた。

サニ族の少女と筆談中（1987年７月）

むしろ、物心共にハングリーなのは、政治経済の中心、交通至便の都会、さらには海の向こう経済大国の虚名に戸惑う日本列島の住民ではないのか……。

昔、この雲貴高原の東部にあった夜郎国の王が漢帝国の使節に「夜郎と漢とはどちらが大きいのだろう」と訊ねた故事を、『史記』（司馬遷）は「身の程知らず」、「井の中の蛙」の例として「夜郎自大」の成語で伝えている。だが、実はこの夜郎王の訊く「大きさ」とは領土・縄張りの広さではなく、住む人々の物心両面の満足度のことではなかったのか。苛烈な風土の故に、天然の恩恵を受けること少なく、相互侵攻の愚を繰り返さねばならぬ中原《ちゅうげん》の人たちへの同情ではなかったのか……とも考えた。

（一九九二年二月）

迎春花

ヨーロッパの庭師仲間の言葉に「春はレンギョウに始まり、秋はキクで終わる」とあるが、どちらも東アジア原産なのが嬉しい。

「春一番の吹く頃、庭の片隅のレンギョウが忽然と鮮黄色の花をびっしりとつける、それで迎春花」と新聞のコラムに書いた時、「それは間違い、迎春花はオウバイ（黄梅）と歳時記に載っている」との投書をもらったことがある。

おかげで中国でもレンギョウの他にモクセイ科のオウバイやハクモクレン、またはコブシなどを地方によって迎春花《インチユンホア》と呼ぶことを知った。半世紀も前の流行歌「満州娘」の歌詞で、年配の方ならご存じのインチュンホワ（迎春花）はまた他の花だったのかもしれない。とすれば、中国南部、広東地方のパンヤ（紅綿）も、さしずめこの迎春花。真紅のこの花が咲けば、広州の人たちは夏物への衣替えを急ぐと聞いている。

一九七九年五月、友好都市締結の調印に福岡に来られた広州市長楊尚昆先生（今の国家主席）を私の勤務する動植物園にお迎えした時、植物園のほうはまだ開園準備の工事中だった。楊先生は「整備のお手伝いをしたい。天をも突き抜ける勢いで、他のどの木よりも高く伸びるパンヤの木は『英雄の木』として広州市民自慢のもの、是非友好都市フクオカでも育ててもらいたい」と申し出られた。

「温室で大切に育てます。そのうち天井に届いたら……」という園長の私に、最後まで言わせず、「英雄の木は頭を伐ってはならぬ。冬の寒さに負けたら、何度でも代わりを送るから、両国人民の力を出し合って、是非この友好合作を成功させてくれ」と要望された。「はい、子々孫々に至るまで」と答えたが、「なんとかなるでしょう」の口癖は慎んでおいた。

その約束のパンヤの苗三十株を、友好都市一周年記念使節のジャイアント・パンダ二頭と一緒に空路福岡に連れて来たのは、一九八〇年三月の中旬。その時、広州市東方賓館の七階の高さにパンヤの花が咲いているのを初めて見た。街中に薫る紫荊花の藤色を見下ろす落葉した裸の巨木を、数え切れぬほどの真紅の花びらが飾っていた。

パンヤの花

寒波を知らぬ亜熱帯植物は、若木のうちの越冬対策が勝負。三十株のうち、五株を市内で唯一の無霜地帯・北崎地区に、十株をカンレイシャで覆い、コモで巻いて植物園の南斜面に植え、残りは大温室に収容することにした。

腫れ物に触る思いの屋外組は、四年目の異常寒波に耐えきれず全員枯死してしまった。わずか四年目でギブ・アップとは申し訳ないと頭を抱えていたら、やがて伐り倒した根株から生き残る余命がひこばえとして見る見る伸びて直立不動、若い濃緑の幹が四メートルにも達した。

この驚異的な生命力を早速、「気候風土の異なる土地で英雄の木が示す生きぬく力、これを友好事業推進のシンボルとして学びたい」と広州側に報告することにした。温室組は順調に育ち、五年目の三月、初めて真紅の花びら、それも十一輪を数えた。わが国最初のパンヤの開花だと思うが、故郷広州の裸の巨木を飾るのとはまるで違う、びっしり重なる濃緑の葉の間に覗く、心なしか愁いを帯びた英雄の花……それでも頭を伐られても、なお使命を果たそうとする健気さと心意気が胸を打つ真紅だった。

三月、今年も私の迎春花に会いに行く。

（一九九二年三月）

広州パンダ

友好都市締結一周年の親善使節として来福する広州動物園のジャイアント・パンダ二頭を出迎えに中国広東省へ飛んだのは十二年前、一九八〇年の春のことだった。

前代未聞の重責なのでずいぶん緊張して、腫れ物に触る思いの私を、当のパンダたちはいつもの昼寝の時間（午前十一時から約三時間）になれば、機上というのに、昼

パオリンと（1980年４月，福岡市動物園）

寝を始めたりして驚かせた。

胆大包天《タンダアパオティエン》（肝っ玉の大きいこと天をも包む）の仇名を持つシャンシャン（オス）は、狭い檻の中をどう工夫したのか仰向けになり、それがいつもの寝癖だそうでイビキをかいている。早朝、狭い檻に追い込まれてから十時間を超す幽閉生活など体験したことはなかろうに、日常の暮らしのリズムを狂わす様子はない。パオリン（メス）のほうは大変な恥ずかしがり屋で、覗き込む人間たちをチラリと上目使いで気にするように見えたが、それでも結構熟睡しているのだそうだった。

空路二時間半で、間もなく福岡空港という頃、二頭共「もう着いたの」とばかりにむっくり起き上がる。それがいつもの彼等のお目覚めの時刻だった。

「昼間、必ず昼寝する」これは野生時代からの習性らしいが、あちらでは広州市民も昼寝の時間帯なので、不服を言う人はいないと聞いていた。が、福岡では「寝てばかりのパンダ」とこの時刻に来合わせた観客の不平が絶えなかった。パンダ特有の可愛さと珍しいしぐさは、起きている時と寝ている時の落差が大きすぎて、私たちの頭痛の種。それが二カ月間、最後の日まで続くことになった。

大任を終えて明日は帰国という六月一日の午後、翌日のお国入りを前に湯あみをしてもらい、さっぱりした顔で、例の片手握り（物を片手で握れるのはヒトを含めたサルの仲間の他では、このジャイアント・パンダだけとされている。パンダは掌に「六本目の指」と呼ばれる隆起タコを持つ）で好物の竹の葉を食べていたパオリンが、運搬用の檻を中国側飼育班が用意しはじめたのに気がついた途端、いきなりその竹を投げ捨てて、運動場を狂ったように走りはじめたものだ。

いつもの悠然とした歩き方ではない。この二カ月間決して見せなかった全力疾走。脱糞など決してしなかった芝生の上に再三再四の「おもらし」をする慌てよう。しかもその間、鳴き声ひとつ立てぬパントマイムだけに、帰りたくない心情がいっそう哀れで私たちの胸を打った。シャンシャンのほうは「今度は檻ですな」と言わんばかりに、あっさり収容されていた。

なだめても、すかしても駄目なパオリンの抵抗が三時間以上も続き、一同は夜まで待つ根比べを覚悟した時、午後五時の動物園の閉園を告げる「蛍の光」が鳴り出した。その瞬間、彼女の右往左往がピタリと止まり、ゆっくりと歩きだし、そのまま寝室へ、更にそこに用意された運搬用檻におとなしく入ってしまった。

呆気にとられて見送る人たち（広州動物園飼育班四人も驚いていた）にやがて熱いものが込み上げて来た。その後ろ姿はこの二カ月間、毎日この時刻に、この音楽で夕食のため、お尻を振りふり姿を消していたいつものパオリンのものだった。

（一九九二年五月）

大濠炎上

福岡市中央区の大濠公園、園周二キロメートルの美しい水と緑の公園に浮かぶ中之島を結ぶ橋で最も長いのが観月橋。欄干の文字に「昭和二（一九二七）年三月竣工」とある。年齢もほぼ私と同じこの橋を、約四分の三ほど渡った所に、一メートル平方の、いかにも応急措置のコンクリート修理跡がある。一九四五年六月十九日の福岡空襲の夜、米軍爆撃機Ｂ29が全市に落とした無数の六角筒焼夷弾の一本が、まだ若かったこのコンクリート橋を突き破った、その傷跡に他ならない。

その夜、湖面一杯に拡がって浮く焼夷弾油脂の塊のひとつひとつが、メラメラと音もたてずに燃え上がる、そのオレンジ色の炎は、地獄の鬼火がこれかと思う凄絶さだった。すぐ傍（今の平和台競技場）の歩兵聯隊の最下級兵士で、当夜は厩当番勤務だった私が、雨と落下する焼夷弾・六角筒の第一波から練兵場の草むらに叩き付けられ、二波、三波と追い詰められて、転げ込んだのがこの大濠。全身ずぶ濡れのまま立ち上がるその眼前に見たものは、大濠公園が生涯にただ一度だけ幼馴染みの私に見せた無念の形相だった。

毎年六月、私にその痛恨の十九日が来る。その数日前にこの傷跡を訪ねるのが、私の恒例となっていた。空襲体験の「語り部」として書きもし、話もする責任から、夢ではなかったことを確認するためだ。とりわけ今年は、この思いをさらに深めさせる情報が中欧バルカンの地から相次いでいる。

ユーゴスラビア社会主義連邦共和国からの離脱・独立を昨年（一九九一年）の夏に宣言したクロアチアと、それを認めぬセルビア連邦軍との武力衝突の下で、かの地の市民生活が巻き込まれる混乱の様相が、クロアチアの女性作家スポメンカ・シュティメツからの書簡、手記、さらには子供たちの訴えというかたちで送られ、今私の手元にある。

「ザグレブに爆弾が投下されたのは三回」とある。ベトナム、湾岸戦争のセンセーショナル報道に馴れているせいか、「わずか三回」と一瞬思うのだが、「でもその攻撃機が単なる偵察だけなのか、本当に爆弾を落とすのか、それは飛び去ってザグレブの青空が市民のものに戻るまで分かりません」、「だから警報の都度、駆け込む防空壕で、三分で済む時もあり、三時間も息を潜めていなければいけない時もあります」、「昨日、二十四時間に七回、防空壕に駆け込みました」。

そうだった、記録に残る福岡空襲はわずか一回（！）だが、その前後を通じて数え

現在の大濠公園

切れぬほど繰り返された防空壕への駆け込み、受けた機銃掃射、本土決戦の竹槍訓練など、非戦闘員の隣近所のおばさんたちと一緒に巻き込まれた、その一人ひとりにとってはかけがえのない恐怖、痛恨の記憶があった。それがいつか薄れていたのに気が付く。

私の大濠公園が、半世紀前にたった一度だけ見せた無念の表情を、この地球の向こう側で幾十万の人々が今、同じ思いを噛み締めているに違いない。わずか一年前に彼女が執筆し私が翻訳紹介したエスペラントの著述に、「貧乏だが、多言語・多民族共存の希望と平和が保障されている理想的な祖国ユーゴスラビア」云々とある。

なのに何故(!)、一年足らずのうちに今日のこの惨状……と考えながら今年も訪ねる大濠。あの夜の紅蓮《ぐれん》の炎の地獄絵図は、まるで私だけが見た一場の悪夢だったかのように、酸欠の鮒の群れが口をパクパクさせながら水面に浮いている、いつもの平和な美しい水の公園だった。

（一九九二年六月）

行かず東京

例えば、宴会の途中で噂の二人が示し合わせて中座しようとする時、「もう帰るのか、今からだぞ」と引き止める野暮がいる。それを「バーカ、こげな時はレンコン食うもんたい」……つまり「見てみぬふりするものだ、見逃してやれ」。それが他人への思いやり、嬉しい博多言葉「レンコン食う」の用法だ。

蓮根には穴があり、穴から覗けば何でもよく見える「万事お見通し」の洒落が語源との説あり……とエッセイ教室で解説したら、東京育ちの若い夫人から、「ハスのことをこちらではレンコンと言うのですか。ハスのネだから蓮根！　中国語ですか、それ」と聞かれた。中国語かには驚いたが、古川柳に「蓮ン根ンはここらを折れと生まれつき」とあり、江戸の昔でも蓮根と呼んでいたはずと答えたのだが、東京では聞いたこともも使ったこともない、ハスを煮たり、「ハス頂戴」と買っていたとのこと。シャキッとしたあの歯ごたえはやはりレンコンのもので、軽い語感のハスでは可哀相だ。

日本列島各地の言葉の寄せ集めの「ごった煮植民地」だからこんな味気ない公約数の言葉が東京で通用するのだろう、と話は展開した。またこの種の「他人への思いやり」を言葉遊びの感覚で表現する例は、同じ九州でも他にはないらしいのも話題になった。

博多ならではの言葉遊びの例に、「なしな（何故か）、なしな」とうるさく聞きたがる子供に、返答に窮した大人が「梨も柿も放生会《ほうじょうや》たい！」とつっぱねて、秋の風物詩・筥崎八幡放生会と豊かな郷土の味覚の秋を称える諺（？）が生まれ、今に伝わっている。

昭和も初期、小学校の「読み方」で教わってくる言葉で話せば「ありがとう（蟻が十）ならナメクジ五匹」、「蟻が鯛なら芋虫は鯨」と、その東京伝来のハイカラ言葉を親たちからからかわれもした。成人した後にも、無理して使う標準語を「行かず東京弁」と冷笑されて、面目を失った体験は一度、二度ではない。このことは信濃の俳人小林一茶が「江戸のやつらが何知って」と詠んだ心情……土の匂いを失ったバブル文化一極集中の地・江戸への批判、反発にも通じると見ていいのかもしれない。

でも、福岡生まれの福岡育ちでも那珂川の西側なので、子供の時から祇園山笠にはかたせて（参加させて）もらえず、秋の放生会でも「よそもん」として父親の袂をしっかり握って緊張していた。その幼児体験が、今も尾を引いているようなのが困る。例えば、海外からの引き揚げや転勤などで、後から博多の住人になられた方たちのほうが、この地の「心くばり豊かな」雰囲気にすんなり見事に溶け込み、締込姿もサマになって、沿道からの勢水《きおいみず》を浴びて博多の夏を満喫なさっているのを、複雑な思いで見送ることになっている。

アジアの中の九州、国際感覚の深化など、お役所からも強調される時世ではあるし、いつまでも「幼児体験」などと粋がっていても、誰も苦笑いもしてくれない。このへんで素直に、私のうちなる南北問題、ハカタ・フクオカのこだわりにきりをつけることにしよう。「行かず東京」も近頃聞かない、死語になっているのだろう。

（一九九二年七月）

三尺寝《さんじゃくね》

古川柳に「まっすぐな柳見ている暑いこと」「寝ころんで論語見ている暑いこと」とあり、それで「うたた寝の顔に一冊屋根を葺き」「夫とは向きを違《たが》えて昼寝する」、やがて「よっぽどの間かと昼寝は目をこすり」という訳で、昔も今も夏は暑い。

昔、伊勢の国（三重県）長源寺のお堂の縁で、暑さを避けてぐっすり昼寝をしていた土地の人と、九州日向《ひゅうが》（宮崎県）からの旅の人、この二人が日暮れに突然呼び起こされた時、両人の魂があわてて入れ替わってしまった（『和漢三才図絵』七十一巻）。顔かたちは本人だが、言語挙動が別人なので、家人が承知せず、詮議の末、両人にもう一度寝てもらい、魂の再交換が無事に終わったというから、めでたい話。

前後脈絡のないトンチンカンな話が「伊勢や日向の物語」と十三世紀末にはすでに言われていた。

この魂の昼寝中の無断外出の話は海外にもあり、仮眠中の旅人の鼻から蜂が飛び出して宝物を見つけてきたり、魂が動物の姿を借りて体から抜け出す民話の類がスコットランド、ニュージーランドのマオリ族、ミャンマーなど各地にある、とされている。もしこの蜂があわてて蜂で帰路を失えば、魂の混乱が生じてその人は病気になる。だから寝ている人を不意に起こしてはいけない……特に眠っている人の顔に髭を描くなどのいたずらはもってのほか。蜂はヒゲのない人を探して迷い子になる……。

俳句の世界で、この「ぐっすり寝」を「大昼寝」という。

一方、「海よりの風に包まれ三尺寝」、「廃船の影に海女らの三尺寝」とある「三尺寝」は、日差しがわずか三尺移るくらいの、束の間の昼寝のこと。デスクにうつ伏しての一時の「うたた寝」もこれににあたるらしい。疲れきって仮眠をむさぼる人への思いやり、優しい視線がこの俳句季語の中に生きている。

「昼寝」という日本語にどうしても「サボリ」、「怠け者」、「はしたなさ」のニュアンスを感ずるのは、働き蜂社会の中で身につけ、定着した現代人の新しい語感かもしれない。中国の広州市政府に方々と、友好使節ジャイアント・パンダ二頭の派遣について、連日三日間の打ち合わせをした時、必ず午前十一時には休憩に入り、午後二時までお互いに姿を消す、その間が昼食と午睡《ひるね》の時間というあちらの習慣に驚いたことがある。

当方はその時間は昼食もそこそこに、日本に電話を入れて午前中の協議内容を報告し、上司の指示を仰がねばならず、昼寝どころではなかった。

「よく眠れましたか」と言いながら午後のテーブルに着席なさる相手側の晴ればれとしたお顔に、「かなわんなあ」を繰り返すばかりだった。不思議なことには広州市動物園のパンダたちまでこの時刻にこの昼寝の慣習を持っていた。

福岡の動物園が友好都市からの珍客として世話した時でも、このパンダたち二頭共一日も欠かさず、観客のブーイングには文字通り尻を向けて、きっちり三時間の大陸的パフォーマンス「大昼寝」を演じてくれた。

でも、これは十二年前の話。今日の「日本に学べ、追い付け、追い越せ」の空前の経済開発大躍進に沸く経済特区に変身している広州では、昨年（一九九一年）の十二月に訪問した時には、日程表に「昼寝」の時間はなかったし、パンダたちに会う時間もなかった。

（一九九二年八月）

蒙古来

古い博多言葉で「もっくりこっくり」とは「無理無体に」の意味で「蒙古来高句麗来」がその語源。つまり文永（一二七四年）・弘安（一二八一年）の両役、元寇襲来の恐怖が残した言葉とされている。

だが、敗戦の年の夏、福岡大空襲後の一面の焼野が原で聞いた古老の方の「もっくりこっくり、やられてしもうた！」……この「根こそぎに……」の意味のほうが断然迫力ありと考える。「バブルがはじけて、もうモックリコックリたい！」。いずれにしてもこの地の歴史と風土を伝えており、「死語」にするにはもったいない好きな言葉だ。

二十数年も前、まだ日中関係が断絶中の頃、上海からの経済視察団を博多港に案内した時、「この海で元軍との戦いがあったことは絶対に口にせぬこと」と上司から命令されていた。ところが、当方の緊張ぶりとまるで逆の友好ムードに戸惑ったりするうちに、「元寇の遺跡があるはず」と先方から切り出されたものだ。その時の「私たちの先祖の誤った侵略行為を撃退した勇敢な日本人民の戦いの跡に学びたい」との視察団の方々の言葉は今に忘れていない。

この七月、オーストリアのウィーンから届いた新刊書(エスペラント)の表紙には、この博多湾を囲むフクオカのカラー航空写真が、いかにも芸術の都ウィーン刊行のものらしく、綺麗に仕上がっている。

クロアチア共和国の女性作家スポメンカ・シュティメッツが、昨年(一九九一年)七月八日付の手紙で「この戦乱緊張の時だからこそ平常心を保ちたいと、敢えて地下防空壕の中でも新しい本の執筆を続けています。今日、フクオカの章を書き終わりました」と書いて来た、その「新しい本」に他ならない。

超大国間のいわゆる「東西融和」が皮肉にも巻き起こした欧州各地での民族紛争と経済生活の崩壊、更には内戦の修羅場にあって、これまで、取材・探訪の旅を重ねた「平和だった」各国各地の印象を書き残したい……との作家精神・心意気が伝わる随筆集だ。韓国・ソウル、サルジニア島(地中海)、白夜のスウェーデン、カストロ首相と同席したキューバ紀行、イランの古都……などのうち、最も深く「平和」の印象を受けた街として福岡がその第一章に載っている。ウィーンの出版社から、是非博多湾と福岡の全景写真で表紙を飾りたい、との協力要請があっていた。

一九八八年の夏、アフリカのカサブランカ（福岡と同じ北緯三十四度）みたいな暑さだとボヤいていた彼女に、私が力説したアジア大陸との交流二千年の歴史はこの本には見当たらない。彼女たちの視座からは「隣近所との友好・喧嘩の繰り返し」そのものが歴史で、珍しい話ではなかったようだ。

このバルカンの才女が捉えた九州・フクオカは、「十三世紀にモンゴル帝国のあの世界制覇の野望（そのモックリコックリ侵略の爪跡は今でもヨーロッパ各地で語り継がれている）を打ち砕いた世界で唯一の海の古戦場。その古戦場がさらにその後の海外文化・文明の日本列島上陸の窓口の役割を果たしながら近代都市に進展した。その歴史を七百年前の海の青さをそのままに、静かに訪れる人たちに語り掛けている（!）平和と希望の街」という訳のようだ。

「異文化交流の歴史では摩擦時のほうが起爆剤になってくれる」と話していたスポメンカは、新著の「あとがき」を「いつ、どこでこの本を読んでくださるかは分かりませんが、どうか、地下防空壕で読む……なんてことが決してありませんように」と結んでいる。

（一九九二年九月）

飼育志願

福岡市動物園の勤務を私が退職したのは七年前のこと。その前年の秋の手記に「記録的な猛暑にも、動物たちは人間ほどにはバテもせず、元気。サル山でニホンザルの子が二頭生まれた」とある。また暑さに一番強いはずのゾウガメ（インド洋アルダブラ島産）を、腎臓で秋の彼岸前に昇天させた痛恨もこの年の記録になっている。

動物園では、赤ん坊が生まれるような明るい話題ばかりでなく、マスコミが興味を示さないこの種の死別や、自然の掟「子別れ」を演出して、手塩にかけて育てたカバの子をトレードに出すなど別離の哀歓も常時体験してきた。

動物たちの生活パターンのリズムが昔も今も十年一日のように変わらぬだけに、朝晩彼らと話を交わしていると、比べて檻の外、柵の外に見る人間たちの行動の外見・内容共にあまりの変わりようを痛感させられたものだ。

例えば、それまでなかった女子高校生や脱サラ希望の飼育員志願が、私の退職時に突然のように現れた。それも一人や二人ではない。あまり賛成ではなさそうな父親と一緒の娘さんや、自分のライフ・ワークはこれと決めたので職場には辞表を出して来たと言う中年男性など。あれは当時の一時的ブームだったのか、今も続いているのか。何しろ万事常識・前例破りの昨今のこと、意外に繰り返されているのかもしれない。

飼育員の仕事は皆さんが想像なさるほど楽しいことばかりではないと説明しても、「それは承知、私は3K（その言葉が当時あったかな）構いません」とおっしゃる。腹痛のインドゾウの徹夜での看病、土砂降り時のサイやカバの飼料運搬、さらにゴリラが風邪を引かぬよう寸時も油断のできぬ温度調節の他、重労働と、危険防止のための抜群の運動神経、判断力が要求される。動物好き、ペット好きが志願の理由という向きはまず駄目。特定のペットにのめり込む人には好き嫌いの激しい人が案外多い。「ヘビの世話もするんですかあ」と驚くのは論外だが、「ヘビ大好き、ポケットに入れて可愛がる」というお嬢さんも困る。やはり、ヘビを気味悪く思い、猛獣は人並みに怖いフツーの人であってもらわねば、勤まる仕事ではない。

特に多くて持て余すのが「職場の人間関係が煩しい」、「動物・植物が相手なら、裏切られることがないから、気を遣わなくていいから」などの脱サラ志望。冗談じゃない、人間同士の付き合いが苦手な者が、動物たちと仲良くなれるはずは、まずない。裏切られ、気を遣ってこその人間生活だ、とかなり次元の違う人生観を話させてもらいもした。質問を受けるたびに答えたものだ、「一番手のかかる、世話のやける動物は？」、「そりゃ、決まっている。檻の外で放し飼いにされている人間ですよ」。

（一九九二年十月）

年寄り扱い

福岡市の秋恒例の市民芸術祭・文芸部門の「随筆」では、今年の応募者が百三十一名、その男女比率が一対二。これはここ数年並の数字だが、六十五歳以上が男性二十八名と女性二十七名で同率、また八十歳以上が男女同数で計十二名なのは注目に値する。

昨年度までの高齢応募は断然女性が多かったし、八十歳代は二、三名に過ぎなかった。これら生活体験の豊かな人たちがあの夏の暑さの中に、市内の各所で自らの「自分史」を書き残そうと二枚半の原稿用紙に取り組んでおられたという事実には敬服する。

その審査期間中の九月十五日が敬老の日で、「六十五歳以上が日本全人口の一六％」、「ますます深刻化する高齢者社会」と新聞は一斉に書き立てていた。

「深刻化」という日本語には、「困ったこと」、「厄介な話」のニュアンスはあっても、この祝日の「高齢者の長寿を祝い、ますますの快適な老中・老後の生活を励ます」の趣旨にはほど遠い。この失礼な「高齢者即弱者」のコメントを吹き飛ばす心意気、応募総数の四割を超すトレンディな高齢者執筆参加の突然の（とも言える）出現に、私たち選考委員は考えた。

「児孫のために美田を買わず」と詠んだ西郷隆盛は五十歳での討ち死だから、「南州翁」と呼ばれたのが、少なくとも四十歳台、当時はその歳で結構「年寄り」、「長老」扱いだった。その物差しを使っての厚生省あたりの若手官僚が予算要求資料として計算した「高齢社会」の数字に違いない。今日の五十歳は、平均寿命の八十歳まであと三十年、計算のしようによっては二十歳の青年だ。これら生活体験不足の少年・少女たちの作文が最近の「高齢化・危機対策」と言うことができる。

初めてバスで席を譲られた時の軽いショックを、川柳句帖に「譲られる座席もそのうち慣れてくる」と残したのが、六十歳になったばかりの頃（もっとも、その後慣れるほど席を譲られたことはない。誤算だった）。元の職場で、それまで「元気ですね」だった後輩君の挨拶が、「お達者ですね」に変わった時のショックは小さくなかった。思わず絶句したのも、本人がその年にならねば分からぬ「妙なアンバイ」だった。

それでも「お店で『お婆さん』と呼ばれた、腹が立つ」との新聞投書欄の憤慨に賛成する気は起こらない。相手に侮辱する意思はないのだから、孫くらいの娘さんには素直に、年相応に「お婆さんする」ほうが精神衛生上にもいいと考える。

中国の大学では、講堂などに案内する学生諸君が、例えば廊下のわずかな段差でも、すぐに私の腕を支えてくれた。日本でなら「大丈夫、年寄り扱いするな」と振りほどくところを、彼等の所作がまるで自然でさり気ないだけに、素直に老人を演じたものだ。

もっとも、「年寄り扱いするな」とは中国語でも、英語でも、それにエスペラントに訳しても、まず通じはしない。

周知のように、中国語の「老」には尊敬のニュアンスがあり、若い娘さん教師でも「老師」と呼ばれている、もちろん「困った存在」の意味など、日本語でもないはずだ。

今後さらに存在感を増す高齢者市民の中には「クレジット倒産」などの愚行はまず考えられない。加齢相応の「寝たきり老人」と、いつまでも自立できない「寝たきりヤング」との比較!

発想を変えて、希望溢れる高齢社会と考えたい。でないとわたしの肩身も狭くなる。

(一九九二年十一月)

裏返し忠臣蔵

「四十六人の者が法を破って吉良邸を襲い、上野介を討ったのは大罪で、その罪を反省して泉岳寺で自殺するならともかく、ひたすら幕府の処置を待つのは『神妙な態度』と見せて世間の同情をかい、死を免れて他藩への再就職のコンタンが見え見えだ」と、朱子学者佐藤直方は「四十六人之筆記」で批判している。

明けてすぐの春には暗示的な脚色で歌舞伎になるが、三日目には上演禁止令が出るなど、幕府は世論対策に苦慮した。その後もこの事件は義士劇として散見されるのだが、当初の四十六人に足軽・寺坂吉右衛門を加えた四十七人が、「忠義の鑑《かがみ》」の赤穂義士像として定着するのは、事件から四十七年後の寛延元（一七四八）年八月、竹本座初演『仮名手本忠臣蔵』の上演許可を待たねばならなかった。

事件後四十七年といえば、一九四五（昭和二十）年、日本敗戦の年から今日までと同じ長さの歳月である。情報伝達のスピード、為政者たちの世論操作の複雑さなど、較べようもない昔の話だが、意外にその語りかける問題は今日的だ。例えば、物語の陰で忘れられようとした人のこと……。

プラス一名の寺坂吉右衛門。泉岳寺に引き揚げた時の総勢は四十六名で、途中でこの人の姿が消えている。実際の討ち入りは四十六名という説、討ち入り途中での逃亡説、または特命を受けて旧主家への顚末報告に派遣されたなどいろいろあるが、その真相は謎のまま、切腹を命ぜられたのは四十六名。

足軽の身で、ただひとり主人の吉田忠左衛門の執りなしで参加を許され、数度の共同謀議の席にも連なったが、後に細川家の「お預け」になった忠左衛門は「……この者不届き者に候。重ねて名を仰せくださるまじく……」と述べている（堀内伝右衛門覚書）。本当に不届きな逃亡だったのか、一人前の武士として扱われぬ軽輩の身を助けるための思いやりの言葉だったのか。彼が忠義を尽くす主君は吉田忠左衛門であっても、浅野内匠ではなかったと考えてもよい。事実、寺坂はその後も忠左衛門の遺族の面倒を見ながら江戸で八十三歳の生涯を閉じている。今、泉岳寺に残るこの人の墓だけ、他の四十六基と比べて少し小さい。

この夜の吉良側の戦死者は、用人が小林平八郎他二人、中小姓清水一学他五人、役人が二人、右筆一人、茶坊主二人、足軽・仲間《ちゅうげん》各一人の計十六人。これが幕府側の正式調査で、他に吉良史保存会の民間資料で二人の追加がある。負傷者の二十三人、逃亡者四人までは驚かぬが、他に事件当夜、庭内に無傷の者百四名との記録がある。今日なお愛知県吉良町では、「吉良家忠臣十八烈士」としてこの人たちの名誉が語り継がれていると聞く。

（一九九二年十二月）

ニイハオ

十四年も前の中国初訪問で、教わった通りに「ニイハオ」とやったら、ホテル服務員の娘さんたちがきまり悪そうに「ニイハオ」と小声で答えるのが気になった。その次の年の春、福岡の動物園で広州動物園のパンダ二頭の世話をした時、中国側の飼育員諸君が福岡滞在の二カ月間、この「ニイハオ」を殆ど使わないことに気がついた。

あれはヨソイキの儀礼的な挨拶で、普通は「チィファンラマ（ご飯食べましたか）」などを使うと聞いて驚く。実はこの「チィファンラマ」だけは絶対口にしてはいけない、と権威ある筋からの厳しい訪中前研修を受けていたものだ。その日その日の食べ物にありつくのが精一杯の、悲惨な革命前の民衆の口癖が挨拶となったもので、中国の人々には侮辱と受け取られる……との説明だった。

後に中国映画の刑事物で、逃走犯人の愛人の電話を盗聴する捜査陣が「この女性はニイハオと喋っている」という理由で的《まと》を「外国人専用ホテルの従業員」に絞る場面を見て、改めてこの「ニイハオ」が一般民衆の暮らしとは縁の遠い言葉だと確認した。

ミャンマーの子供たちが学校でまず習う挨拶「ミンガラパー」も、親しい間では使われず、タイ語の「サワディー」同様、数十年前に英語の「ハゥ・ドゥ・ユゥ・ドゥ」の対訳でできた「国際化用」の挨拶とも教わった。

そう言えば思い出す。米占領軍の将校たちがよく「イカガデスカ」と話しかけてきた。何がイカガなのか、戸惑う私に開いて見せた米軍用の日本語会話テキストの「ハゥ・ドゥ・ユゥ・ドゥ」の項に、「如何ですか」とあった。ミャンマーでもタイでも中国同様、日常生活では「ご飯食ったか」、「どんなおかずで……」などが普通だとも聞く。相手の健康と幸福度を「ご飯を美味しく食べているか」と尋ね合う、東アジアに共通らしいこのこころ豊かな生活習慣を考える。

食事のことを人様の前で聞くなんて「はしたないこと」と考える私たち。それが日常の挨拶言葉である支那（当時はそう呼んでいた）民衆の、その低俗卑小な心情生活からの解放も、アジアの指導者・日本の使命だ、と教育された半世紀前の恥ずべき

「思い上がり」が私の中にまだ根を下ろしたままなのを反省した。

同文同種の同じ漢字文化圏にありながら、最近この種のカルチュア・ショックをよく体験する。中国の友人が、日本語の「ただいま」を翻訳するのに苦労すると言うのだ。あちらでは帰宅した時に言葉を掛ける習慣がないので、子供が学校から帰っているのかいないのか、分からないことも普通だそうだ。自分の家なのに挨拶して入る！この日本人の礼儀正しい習慣には驚く、と言うのだ。

「礼儀正しい日本人」と聞くのは再三のことで、前に一緒のテーブルを囲んだ中国青年が、今お前が言った「いただきます」はどういう意味の日本語か、食事の前に日本人はかならず口に出すが……と聞く。給仕の服務員、料理場の人、それにこの御馳走のため汗を流した農民・漁業労働者たちの労苦に感謝して……と言いかけて、「でも今は単なる習慣だ」と付け加えたら、「無意識に口に出るとは、それだけ日常生活に溶け込んだ素晴らしい美風だ」と言うので、そう思ってもらうことにした。もちろん、否定する適当な言葉が見付からなかったからだった。

（一九九三年二月）

水ぬるむ動物園

ウメが終わってコブシの白い花、コブシが盛りを過ぎるとサクラ、といつもの順序で春が来て三月。南公園の動物園では、暖房寝室に引きこもりがちだったゴリラやチンパンジーも元気を取り戻して、お別れ遠足の子供たちにシャベルのような掌で水を浴びせかけたり、口に含んだ水を飛ばしたりしてはしゃぐ。それにカメラを向けると、必ずと言っていいほど、水がそのレンズに見事に命中する。ジイッと見詰められるとすべての動物は「攻撃」を感じるもので、特にテレビカメラなど「メカの冷たさ」指数の高いレンズを向けられると、耐えられぬ威圧感を受けるとされている。「ガンをつけられた！」と言い合ってはトラブルを起こす向きを仲間に持つわれわれ人間も、かつては動物であったし、今も動物に違いないことを思い出させてくれる。

水がぬるんだ水禽池《すいきんち》では、間もなく親鳥の大きさになろうとするコクチョウ（オーストラリア原産）の子四羽が、人間たちの「まだ水が冷たかろうに……」の視線をよそに、母子一列にのんびり水上行進（水鳥たちの成長は早い。野生では生後半年で「わたり」の季節を迎えると親たちと一緒に飛び立たねばならぬ。一月半ばに生まれた時は灰色のテニスボールくらいだった）。

ところが、このコクチョウ母子にレンズを向けると、母親が物凄い形相で羽を広げてこちらに突進してくる。エジプトガンの場合など、普段は全く存在感なしの片隅で食っちゃ寝のグータラ亭主なのが、連れ合いの子育てが始まると、急に父親の義務に目覚めて俄然ケンカ強くなるのには驚く。首筋を真っ直ぐ水平に前に突き出し、血相を変えて赤ん坊を覗きにきた隣近所の野次トリたちを追い散らす。隣の柵に緊急避難させられたカナダガンやクロエリハクチョウが、こちらは首を高く天に伸ばして「すし詰め・過密」の抗議をガァガァとしきりに訴える。この賑やかな鳴き声が、私たち人間には、春を迎える動物たちの歓喜の歌声と聞こえるのだから、申し訳ない。それにしても、このエジプトガン氏の異常なまでの変身ぶりは、日頃はダメ親父でも「やる時はやる」という頼もしい父親像を見る思いで、十分に教訓的ではある。

この雛たちが卵で生み落とされる時、例えば十個揃うのに一週間かかった場合でも、孵化《ふか》は同じ日の同じ時刻なのが普通とされている。だが人工孵化の場合、孵卵器に卵を数個ずつ日をかえて入れれば、その順序通り、日時も数もまちまちに雛となって出てくることになっている。母親抱卵の場合には、孵化直前に卵の内側から、雛が殻をつつく「はしうち」が知られている。これは母親との出産タイミングの打ち合わせで、これで同日・同時刻の雛誕生が実現すると考えられている。

別の科学的な解明もあると聞くが、でも、好奇心一杯の人間どもの目の前で、一見のんびりムード、それでいて野性味一杯の緊張感を持つ水鳥たちの水上行進を目の前にすれば、やはり、科学的解明などより「不思議だ、神秘だ」と驚いているほうが楽しいものだ。

（一九九三年三月）

嘘の世

四月馬鹿受話器を置いてから分かり　　格堂

年に一度だけ許される嘘だから、以前は騙されることもゲームになった。若い娘たちの口癖で、「ウッソォ」と「ホントォ」が全く同じ意味で乱発される虚実不明が日常なのだから、四月馬鹿（エイプリル・フール）も最近は影が薄くなった。

ロンドン留学中の日本の皇太子が、母国からの観光ギャルに街角でいきなりこの「ウッソォ」とやられて、その意味が分からず絶句した、とこれが殿下本人の話だから楽しい。「私は嘘を申しません」との一国の首相の決意が漫才のギャグに転用されたのがもう十数年も前のことだから、年に一度は「本当を言う日」を設定したほうがよい。

すでに十六世紀初期の歌謡に、

人は嘘にて暮らす世に　何ぞよ燕子が　実相を談じ顔なる

（『閑吟集』一五一八年刊）

今日的に言えば、電線に並んで何やらさかしらに話し合っている燕たちのしたり顔……。応仁の乱から半世紀、織田信長の登場まであと十六年という戦国乱世を、倫理観・価値観のクルクル変わる「人は嘘にて暮らす世」と決めつけているのが意外にナウい。

エイプリル・フール、万愚節とも呼ばれる、年に一度だけのホラを許す習慣は西洋伝来のものと思っていたら、天竺（インド）渡来との説もあると知った。インドで春分の仏教説法は三月三十一日が最終日。せっかく信心深くなったおヌシたちも、また明日から元のモクアミに戻るんじゃろうからと、小僧たちを無用の使いに走らせてからかったのが始まりという。ただし、ここでもウソは許していない。すぐ底の割れる（バレる）ホラ、人畜無害の「からかい」だけで、年に一度の息抜きだったようだ。

（一九九三年四月）

別のくに

四年も前、滋賀県びわ湖の西岸、比叡山麓の全国山王総本社の格式を持つ日吉大社で、「鎌倉時代十三世紀の初頭、中国南宋から栄西禅師がこの地に『茶』をもたらされた、わが国最初の茶畑がある」との説明を受けた。「わが国最初の茶の伝来なら博多。その栄西禅師の茶畑が博多駅前の聖福寺に、佐賀県との県境脊振山にはその時以来の茶の原木がある」と反論したら、「それは九州でしょ、日本ならここが最初」と切り返された。

その後、NHKのテレビ番組が「平清盛が承安三（一一七三）年、兵庫の福原海岸を埋め立てた『経ケ島』、これが日本最初の人工の港で、今の神戸港の始まり」とやっていた。それも違う。その清盛が大宰小弐の時、宋からの外洋巨船受け入れのために博多に築いた「袖の湊」、これが保元二（一一五七）年だから、こちらのほうが旧い……と一人で画面に向かって文句をつけていたら、ナレーションが続いて曰く、「それまでは、中国大陸からの舶載品は博多で小船に積み替えられ、瀬戸内海を通ってわが国にもたらされた」と、まるで博多までの宋船の往来は別にコメントも要らない大陸サイドの話、別の国の取り扱いで、しきりに「わが国最初、日本最初」を繰り返していた。

それでも、番組中の「京都近辺への直行便ルートの開設で失業した瀬戸内の海運業者（水軍・海賊）の恨みをかったのは清盛の誤算で、彼等を味方にし制海権を握るのが東国の騎馬兵団、海に強いはずの平家がこの源氏の猛攻に惨敗する」との解説は説得力があった。それにしても、ヤマト（大和）、カラ（韓、唐）、テンジク（インド、東南アジア）の三国が全世界だった当時の日本列島住民（三国一の花婿、三国一の富士の山の言葉が今に残る）にとって、九州と西日本のかなりの範囲までが朝鮮半島や中国大陸東部と共に「カラ」の生活文化圏に組み込まれていたのに違いない、という仮説が成立しそうだ。

宮城県の蔵王《ざおう》山麓で「こけし作り名人」の鎌田倖一老にお会いした時のことを思い出す。九州からの珍客として特別に頂いたのがツバキ（椿）のこけしで、ツバキはその油が程よく滲み出て作品に風格を与える。この地では一番位の高い樹木。「あの家は庭のツバキを売った」というのは破産を意味するほどの、掛け替えのない財産だとお聞きした。「ツバキなら九州に沢山ある。そんなに珍しいのなら、お送りしましょう」と言えば、即座に「駄目だ、九州のツバキはノッペラボーに高く育って堅くない。だからこけしには作れない。半年は雪の下で我慢してこそ蔵王の椿、ここのはみんな灌木だ」。そして付け加えられた、「九州とここは別の国だ」。

この話を日本探訪・取材旅行中の中欧の友人にしたら、「そんなの当たり前、日本は、欧州でいえば北はフランス南部から南はエジプトの南スーダンまで広がり、地中海なんかすっぽり入る広さの国。地中海の南と北では、気候・風俗・暮らしの文化の違うのは当然、九州と同じ広さのスイスには公用語が四つあるんです。私のところバルカンのように多言語、多宗教、異文化混在の者には信じられない、まるで別の惑星ですよ日本は」。

こういう見方をしたことのない私は、驚くのと感心するのが一緒になり、これがカルチュア・ショックというものかと呟いた。


（一九九三年六月）

動物たちの夏

「暑くなって、急に元気になる動物はいませんか」と、私が勤務していた動物園によく新人の新聞記者諸君が見えていた。「ネタがなければ、まず動物園に行け」、これが伝統的な新人記者研修のパターンだそうで、サクラの頃に入社した諸君が、やっと一人前として単独取材にお見えになっていたのだった。

動物園に熱帯産の動物が多いのは確かだが、無表情のゾウガメの他は、暑いからといって喜ぶのはまずいないようだ。人間同様、暑さ凌ぎに苦労している。クマたちは水浴、サイは水溜まりに転がって全身泥まみれの泥浴《でいよく》、これは虫除けも兼ねている。ライオンはもっぱら寝そべっての昼寝。だが、ゾウの昼寝は見たことがない。藁や干し草、それに土や砂を鼻で巻き上げては、背中に放り上げるだけ。だからいつも背中は藁屑と砂ぼこり……。

「今日のこの暑さだ、夕刊にのせる『ゾウの水浴び』を撮ってこい」とのデスク氏の命令が一番多いのだそうだ。でも、お気の毒さま。あれは今にも雨の降りそうな時や小雨の時だけで、私の知る限りでは、炎天下ではゾウたちはまず水浴びはやらない。「暑い時は水浴びに限る」とは人間たちの発想で、「絵になる報道」一辺到の今日的ジャーナリズムと自然の生き物たちの実態とのギャップの一例。

それでも、この炎天下に木陰にも行かず藁屑と砂まみれでは、見ているこちらのほうが暑苦しいので、よくバケツやホースで水を掛けてやったものだ。ゾウのほうも私たちのその「押し付け好意」に嫌な顔もせず、その水を顔の正面から受けてくれて絶好のシャッター・チャンス！　湿度十分という状態で初めてゆっくりプールに入ってくれた。浅はかな人間たちの先入観を咎めもせず、駆け出し記者君の「ヤラセ」に協力してくれていた、心優しくも利口なゾウたちだった。

開園以来三十年を超す歳月で老朽化したゾウ舎を改築した時、頭を痛めたのが工事期間中の仮獣舎、見積もって最低四千万円はかかる。結局、その夏は空梅雨《からつゆ》に違いないと勝手に決めて、露天の運動場で夜を過ごしてもらうことにした。そこで、ここでも受けた強烈なカルチュア・ショック。前年までの干天続きが、ニクジュウ（意地悪）のようにその夏に限っての連続の雨天。とくに雷バリバリの夜は、おちおち寝てはおられぬ夜が続いた。

カバと（1980年，福岡市動物園）

ところが意外にも、雷雨・豪雨の明けた朝にはむしろ、ゾウたちがいつもより生き生きしているようなのに気が付く。皮膚の色も良く、糞《ふん》（動物たちの健康度のバロメーター）が質・量共、それに色彩も見事なのを出してくれた。

「夜は屋根の下で眠る」とは人間たちの常識でも、故郷のジャングルでは雨に濡れ、工夫して避ける風の中で暮らしているのが、私たちゾウですよ……と話しかけているようだった。むしろ、久し振りに自然の雨や星空の夏の夜を楽しんでいた工事期間ではなかったのか。

濡れた自分の体にタオルを使う動物は、人間の他にいないのだ……と気が付いた。

（一九九三年七月）

献涼！

フィクションの世の夏上衣《うわぎ》持ち歩き　　真吾

二十八年も前の川柳句帖にこんな句を見付けた。「九電や県庁の職員に執務中でもネクタイを外してよろしいとの指令が出た」とのコメントがある。冷房完備が珍しい頃だった。冷房ありと見当のつく会議場には上着を持参したもので、「九州電力」に冷房がなかったらしいのが面白い。

背広服のルーツは英国あたりと聞くが、それを高温多湿の日本列島に持ち込んだのが問題のもとということらしい。シェークスピアの芝居『真夏の夜の夢』の日本語訳では、「真」をとって『夏の夜の夢』と改められている。かの地では真夏でも暑からず寒からずの快適さで、ポトム親方に扮する役者も長袖にチョッキを着込んでいる。日本の「真夏の夜」は蒸し暑くて不快指数最高の熱帯夜、柳の木陰から幽霊の出番……だからと題名改定の解説があっている。

「こげん暑かりゃ、『だごかるい』になろうごとある」とは昔の博多言葉。「だごかるい」とは、盆も直前の八月前半にあの世に行った新仏《にいぼとけ》のこと。その年には初盆供養はせず、翌年回しの慣習が博多にはある。あの世の受付け簿・閻魔帖が七月一杯で締め切られるのだそうだ。丁重な盂蘭盆《うらぼん》の供養が終わり、冥土にお帰りになる仏たちの中に、哀れや翌年回しの新仏さまが、初めての旅路を先輩たちの尻に付いて立ち去ろうとなさる。ちょっとお待ち、「手ぶら」では肩身が狭かろう、お供えの「だご（団子）」などかるって（背負って）連れていってもらいなさい。新入りだから、これを先輩たちに差し上げて可愛がってもらうんだよ……と包んで持たせて、博多の人たちは新仏を見送るのだ……と話してくれた父が天寿を全うしたのが、その八月、油照りの続く日のことだった。

「だごかるい」同様、死語に近いのが天瓜粉《てんかふん》、つまりベビーパウダー。

みめよくて憎らしき子や天瓜粉　　蛇笏

飯田蛇笏、何年の作かは知らぬが、勝手にこちらサイドの思い出をダブラせてみる。

観音様の夏祭り、アセチレンなどの匂いが懐かしい露店で、行き違った隣のクラスの女の子、ちぇっ、何か知らんが花模様の浴衣なんか着て、ツンとすまして人波に消えた……。

子は三界の首《くび》枷《かせ》でよし天瓜粉　桜桃子

イロハ歌留多で覚えたこの諺も近頃聞かぬが、次の句なら解説なしで分かる。

天瓜粉サ行が言えぬ姉いもと　ひろ子
天瓜粉真実吾《あ》子《こ》は無一物　狩行

この天瓜粉、俳句歳時記の所載に「カラスウリの根の粉で『汗しらず』と言う」までは納得するが、「餅にして食べたり胃腸の薬や糊にする」とは、大正生まれの私でも初耳だ。

（一九九三年八月）

南の島

「南の島、九州から世界が見える」。これが今年五月の九州エスペラント大会のキャッチフレーズでした。すべての文化・情報の発信地が東京一極集中という現状への反発もあって、有史以前からの異文化・異民族との交流・摩擦の繰り返しが、そのまま郷土史を形成したところ、九州が国際交流の本家との自負が決めさせた字句に他なりません。

ところが、開催地福岡の友好都市、中国広東省広州の世界語（エスペラント）協会から届いた祝辞に、「どこからでも世界は見えますよ」と連帯の挨拶が結んであり、もう一つの姉妹都市、ニュージーランド・オークランドからのメッセージも、「こちらも、南の端の島、世界がよく見えます」とあって、広州同様、「オタクばかりが国際交流のメッセージ発信地じゃないよ」と一本取られた格好でした。

九州が日本列島でも南の島なのは確かですが、地球規模で見れば広州はもっと南、ニュージーランドは赤道を越えてさらに遙かな南半球の国！ 私たちの視野が、狭い日本列島内の「井の中の蛙」に過ぎず、世界各地に交流仲間がいるので、少しはまな国際感覚を身につけている……とは、思い上がりだったと知りました。

「木を見て、森を見ず」の失敗がこれか、と反省したことでした。さらに広い視野とユニークな視座を持つこと、これは海外の友人たちとの交際で、もう何度も貰った教訓です。例えば、前に福岡に迎えたクロアチアの女性作家スポメンカ・シュティメツが、私の家の雪《ゆき》見《み》障子《しょうじ》に興味を示したことがあります。「横にスライドさせて開閉する（ヨーロッパには「引き戸」の窓はない）紙の壁（障子のこと）に取り付けた、小さな紙の扉を開けたらガラス窓。その小さなガラス窓を通してオンクロ（おじさんの意）は、庭に積もる雪を見ながら瞑想にふける、という寸法です。私の国ではブーツに染み込む泥水をまず連想する雪なのに、ここでは純白と静寂……それに心の安らぎ。でも、その雪が近年、殆ど降ってくれないとのこと」とその日本探訪記に残しています。

ところが、その直後に訪れた北海道で、彼女は真夏なのに小学校の校庭に山と積まれた越冬対策の薪を目撃して、同じ日本列島に雪が「風流」とかけ離れた厳しい風土、冬の厳しい自然対策を年中念頭に置かねばならぬ暮らしがあることも書いています。

南の福岡が、アフリカのカサブランカと同じ北緯三十四度、北の島北海道が欧州では北イタリアの辺り、と地図で見れば分かる南北に非常に長い国日本。この中にすっぽり入る地中海の北と南では、まるで別の惑星の生活文化、それがヨーロッパからの視点。それをひとからげにして日本文化、トウキョウ検閲済み情報だけがヨーロッパに届いているのが現状で、もっと地に這う蟻の目で見た情報が発信されれば、この神秘の国ニッポンがよりよく理解できるのに……と締め括っています。

まさに、目からウロコが落ちる思いの日本探訪記でした。

（一九九三年九月）

寝牛虎鵜物語

*以下は『博多のうわさ』（雑誌うわさ社）掲載

猪《いのしし》

一九八三（昭和五十八）年は亥《い》の年だから、猪の話。

偶蹄目イノシシ科で家畜のブタの先祖だが、ニホンイノシシ（本州、四国、淡路島、九州に棲む）には家畜化の歴史はない。でも、累代飼育するとブタ化の傾向を示すといわれている。上顎の犬歯が上向いて生えるのが特徴（ゾウの牙はあれは門歯）。

森林に棲み、木の根、果実、草などの他、カエルやヘビなどを食べている間はいいが、人里に出てイモやコメを食い、田畑を踏み荒らし泥んこで転がる習性から、古来人間とのトラブルが絶えない。討ち取られた猪が珍味とされるところは、人間サイドの「仇討ち」の気持ちがないとは言えない。飼育されてブタになれば話は別で、古く周（紀元前三世紀）の時代、中国ではブタの肩肉が神に供える最上級のものとされていた。

「豚肩豆をおおわず」とは、豆《たかつき》が見えないくらい最上級の肉を載せて財力を誇示するの愚はしない、質素な供え物をする清廉の士の喩えとなる。

南方中国で天下の美味とされる烤乳猪《カオルウジユ》（中国語でブタは「猪」）は生後三カ月の子豚の丸焼き。内臓を取ったあと、味噌、腐乳、芝麻油、汾酒、ニンニク、砂糖を詰めたもの。宴席では各テーブルの主客が最初のナイフを入れるのがしきたりで、広州市の中山紀念堂で一夜その役を仰せつかったことがある。眼前の大皿に哀れ三カ月の子豚が無念の表情で目を閉じ、私の箸入れを待つのと対面した時、思わず「南無阿弥ダブツ」と呟いて中国側の人たちを驚かせたことがある。

わが国では、獣肉を食膳に載せるのをタブーとした江戸時代でも、猪はヤマクジラ（当時クジラは魚類と見られていた）と言い訳的な呼び名で、特に寒の内は「薬食い」として賞味されている。

冬牡丹　麹町から　根分けなり
麹町　奈良と諏訪とに　人だかり
狩り場ほどぶっ積んでおく　麹町

牡丹は猪、紅葉は鹿の肉の隠語で、江戸麹町に獣肉専門店のモモンジ屋があり、江戸古川柳で麹町とはこの店のことだった。「しし（肉）食ったむくい」などと、食えぬ連中がひがんで悪口を言うほどの美味とされていた。

猪ないしブタにとっては迷惑な話だが、肉が美味いことの他で褒められることはまずない。北斗星が時に精を散じてイノコとなる伝えで、南宋の忠臣岳飛（十二世紀）はイノコの精を受けて生まれたとか、旧暦十月上旬の亥の日・亥の刻の「いの子餅」は万病を除き、子宝にも恵まれるというくらいが良いほうの扱われ方で、その他は損ばかりしている。

富士の裾野の巻狩りで、仁田四郎忠常に逆さ乗りにされて仕止められ、豪勇物語の引き立て役として命を落とすのが猪。また梶原景時は、源義経を「前後の考えもなく、無鉄砲に突進する猪武者」と決めつける。義経かまわず、わずか五隻で風雨の海を四国に押し渡り、屋島の海戦圧勝（一一八五年）の因を作って景時の面目を失わせる。この逆櫓《さかろ》論争の恨みが尾をひいて、以後義経は悲運の武将としての歴史を刻むことになる。

弓流す日も鎌倉はふところ手　（古川柳）

その他、「豚児」、「豚に真珠」、また一龍一猪（学問に励むか否かで賢愚の別が出る）、放猪長蛇（強欲者）などロクなたとえにしか使われないが、決して憎めぬところが嬉しい動物ではある。

十二支でも仕事負けして十二番目の最後。なぜ十二種の動物が選ばれて、しかもこの順序なのか、また縁もゆかりもないとされる子・丑・寅・卯……の十二の文字がそれぞれこの動物たちに振り当てられているのか全く分からない（『大漢和辞典』編者・諸橋轍次博士による）そうだが、猪はとにかく最後の文字で「亥」となっている。

亥は「核」すなわち「種」の意味で、種子は万物が生命を終わると地に戻り、再び万物の滋《しげ》る芽生えの子「ね・滋」に代わり、新しい年が始まる。さらに紐に結ばれて、未だ十分に伸びずの年（丑）を経て、次の寅で演然《えんぜん》として初めて地上に生ずるの年を迎える。……というふうに十二支の一サイクルは万物の成育・完熟・凋落を表現すといわれている。つまり亥（核）は、その生命のサイクルの最後、再びの春には芽吹く約束の「種子」を意味している。

ネズミを干支頭《えとがしら》と呼んでめでたがるが、ラストの亥の年を何と呼ぶか、不学にして知らない。最後にほったらかしにされていながら、万物の生命の締め括りを忠実に受け持つところは、自らを犠牲にして、人間どもの食生活を豊かにした上、猪突猛進を笑われながら、自らの信念に邁進する律義なイノシシの心意気そのものだ。

また昇る太陽を信じて落日は美しい。また芽吹く春が来るから、種子（核）は地に落ちて意味がある。いい年だ、十二支ラストの年、「亥」の年……一九八三年。

（一九八三年一月）

鼠《ねずみ》

子《ね》の年だから、ネズミの話。

齧歯類《げっし》。満腹の時でも何か堅いものを齧っておらねば、上下一対の門歯が一生伸び続けるネズミ。長い尻尾にはまばらな毛が生え、大部分は表皮性の角質のウロコで覆われるという、哺乳類としては原始的な特徴を持つ。ネズミの多産はよく知られていて、正月に十二匹生んで、その子が二月にまた十二匹生む、と計算したら一年で二七六億八二五七万四四〇二匹！

いわゆるネズミ算で、金儲けなら正月早々めでたい話だが、これが本物のネズミなら話は別になる。実際には繁殖率一番のドブネズミで妊娠期間が約二十四日、メスは生後八十日には繁殖を始めるとされ、年に五十子ぐらい生む。だが、個体数が増すとそれだけ死亡率は高くなり、九九％は成熟前に死亡し、成獣の大部分も一年以上は育たぬといわれるから哀れである。

この高い繁殖率と補充率がドブネズミの駆除を難しくする。やがて消滅する運命を少しばかり人工的に早めてやるにすぎないとは言える。だからと言って油断はならず、一旦自然のバランスが崩れた時、古今東西世界の各地で、ネズミの異常発生、野山さらには海さえ越えての大移動が報告されて来た。

例えば一九五〇（昭和二十五）年、四国の愛媛県宇和島沖の島々で未曾有の大災害に発展した修羅場の記録は、後の吉村昭の作品『海の鼠』に活写されて、慄然とさせられたのはネズミ嫌いの人たちばかりではなかった。

一般にネズミの数は都会で人口とほぼ同数、田舎で二・三倍といわれるので、日本のネズミの数を二億匹として、一匹一日に一〇グラムの米麦を食べるそうだから、年間に七三万トン……その他に鉛管を齧ってガスを漏らしたり、電線を食い破って火事の原因になったり……どうも、新年号・年頭のエッセイらしくない話が続く。少しは可愛げのあるネズミをと思うのだが、やはり困った話ばかりが先に立つ。

動物の生存価値を人間サイドの実益や損得で評価するのは気が進まないが、それでも「役に立つ」例として医学の実験に使われる白ネズミ、ハツカネズミなどはいる。

繁殖力が強く、飼育が楽な割にレッキとした哺乳類の特徴は完備しているネズミに、哺乳類仲間の人間の伝染病を感染させ研究できる利点（！）がある。特に成長が早く、世代が短い点が繰り返し実験に最適、というのだから気の毒な話だ。

このハツカネズミはあのドブネズミと同じイエネズミの仲間だが、こちらは一身を犠牲にして人類の役に立つのだから、折れた線香の一本でもあげて成仏を祈ってやらねば罰が当たるというものだ。

中国の古書『抱朴子』に「ネズミの口から象牙は出ない」とあり、これは「ロクなことは言わない」の意味。「ネズミの目」は見識の狭いこと。「ネズミの尻尾のおデキは小さい」とか、「衆人の敵」の意味で「街を横切るネズミ」など中国でのネズミの評価は低く、貪欲卑劣なものの扱いを受けている。『詩経』に「ネズミでさえ皮で身を包む、何故人間に礼（仁義・礼儀）がなくてよかろうか」。『漢書』賈誼伝に「ネズミに投げんとして器を勿体ないと思う」ともあり、「ツマラヌ奴」の代名詞にネズミが使われている。

それに比べて、わが国では意外に、十二支最初の子《ね》に敬意を表してか、ネズミはむしろ貴ばれているのに気が付く。白ネズミは大黒様のお使いで吉兆、大同四（八〇九）年に山城国から献上された記録があり、別に大国主命を火中から救助したネズミ、正直爺さんに財宝を与えたネズミ浄土の話、ネズミの嫁入りで教科書にも登場する愛すべきネズミ一家。

俳句歳時記では、正月三が日には「嫁が君」の尊称でネズミを呼ぶ風習を伝えている。沖縄では、海の彼方の聖地ニライカナイから現世に来たのがネズミとされ、ネズミへの正月の供物でその年の豊作を占う八丈島、五島などの風習には、ネズミ排除の論理よりも、自然の構成員仲間としてネズミも人間もその共存を神に祈り、災厄は自家薬籠中のものとして克服しようとの祖先の英知と心意気を偲ぶことができる。

その種の行事がわが日本列島の各地に散在するのを知って感動する。新年早々、悪口ばかりではやはり気が重い。年賀用エッセイのために「困ったな」と思いながら広げたネズミに関する資料で、やっと辿りついた発見である。ネズミ君、今年はアンタの年、宜しく頼む、とそれなりの挨拶がやっと出来そうでホッとした。

（一九八四年一月）

丑《うし》

私は丑年生まれ、だから子・丑・寅・兎、それから先の順序は今でも、考え考えでなければ間違える……。

福岡市の動物園で、牛らしい牛はアメリカバイソン（野牛）だけだ。よく、普通の牛や豚を置くようにとの話が出るが、牛や馬などを動物園で見学せねばならぬ子供たちが実際に増えていて、それほど今の私たちの日常は自然や土の匂いと縁遠いものになっている。

このアメリカバイソン、かつては北アメリカの草原に数千万頭もいて、先住民たちはその肉や血を食料に、皮はテントや衣服、骨や角《つの》は武器に使っていたが、捕らえて囲いに閉じ込め家畜にすることはしなかった。原始的な狩猟法で「要るだけ」を獲物として、野牛の大群と少数の人間たちが自然のバランスを保ち合って暮らしていた。十六世紀に始まったヨーロッパ白人の渡来でこの調和は破れ、白人の無分別な野牛狩りと「金になる」ことを覚えた先住民たちの乱獲の結果、二十世紀初頭には数百頭を残すだけとなり、慌てた政府の保護政策で、一応の絶滅が免れているのが現状だ。

ヨーロッパバイソンも一時森から姿を消すが、世界各地の動物園で繁殖したのを里帰りさせた。今、地球規模の至上命題、「自然保護」、「自然との共存」の問題をこのバイソンの歴史が物語る。衣食住のすべてをバイソンに依存しながら「要るだけ」獲って、家畜化しなかったアメリカ先住民の「自然との共存」の哲学と英知は学ぶ必要がある。

漢字で「牛偏」の文字は三一一字(『大漢和辞典』)もあるが、全部が「牛」を意味する文字ではない。「家畜を入れるオリ」は家かんむりに牛で「牢」。ウシ以外の動物でもオスは牡、メスは牝。神に捧げるのは羊でも豚でも「犠牲」。さらには「心」に対するものの総称としての「物」も牛偏で出来ていて、牛が最も人間生活と密着した関係を続けた動物であることを示している。そのことと、英語で牛の総称「キャトル」がそのまま「家畜」を意味するのと無縁ではないと考える。

牛が家畜として人間との共同生活に道を選んだのは、犬の一万年前、山羊の九千年前に比べて遅く約六千年前と推定されているが、現在アチラで家畜の代名詞に使われているのは、それだけ人間の「役に立ってきた」からに外なるまい。元来家畜とは、人間が勝手な自分たちの都合で、野生動物を馴らし、肉が一番おいしくて、毛皮が一番高い値で売れ、メスが生まれたら「金になる」と喜ぶ、つまり経済価値・利用価値の最も高い時点まで生かすため(その時点で殺すため)に育てる動物。しかもその人間の世話に頼らねば、出産も育児も採餌もおぼつかなくなっている気の毒な動物たちと言うこともできる。

その割には、家畜の代表である牛が古来、人間たちから感謝されたり尊敬されたりする例はあまり見ない。学名の牛はラテン語でボスだが、英語の「親分」のボスにSの字が一つ足りない。英語では「へま」とか「やりそこない」と辞書に載っている。「牛歩遅々」とはのろいこと、「牛に対して琴を弾ず」とは「愚かな相手に高尚な道を説いても無益だ」との意味。「牛を馬に乗り換える」は明らかに牛が劣ると言いたいのだろうが、外敵には角で武装し、動作も悠然としている牛、慌てふためいて逃げる馬よりよほど立派……と丑年生まれの身びいきでも、弁護してやりたくなる。

「牛の一散」の諺は、一見のろのろしているが、機嫌の良い時（?）は、前後の見境もなく調子の乗って一気に片付ける……丑年生まれの私には、思い当たらぬ性格だぞうだ。ともあれ、愚直の見本のようにいわれながら、数々の人生哲学の教材にも使われてきた牛への尊敬を、せめて今年の正月ぐらいは思ってもらいたい。

迷惑な顔は祭りで牛ばかり　（古川柳）

の反省ぐらいはお願いしたい。

子供の頃、太宰府天満宮の参道で聞いた香具師《やし》の口上を今に覚えている。天満様のお使い・牛の銅像の側だった。

「……およそ丑年に生まれた人は、一時は位人臣を極めることがあっても、その末路に悲劇が待っている。例えば恐れ多くも、ここの菅原道真公、ハルビン駅頭を血で染めた伊藤博文公……」

ま、牛の歩みのように愚直ながら、位人臣を極める心配はまずないのだから、末路が悲劇のことはあるまい。中くらいのところで暮らしていくことにしよう。良い年でありますように、私の丑の年、一九八五年。

出 世 す る 筈 の 手 相 を 今 に も ち　　真吾

（一九八五年一月）

虎《とら》

寅年なのでトラの話。

哺乳類・食肉目・裂脚亜目・ネコ上科。ネコ科の動物は、チーターの他はカギ爪を皮膚のサヤの中に引っ込めて爪の音を立てずに獲物に近づくことが出来る。生まれて二週間は目が見えず、ミャオミャオ鳴くばかりで、母親が首筋をくわえて移動させる。口を大きく開け、顎の筋肉が強く、裂肉歯は食肉目中で一番発達している。都会の飼猫もジャングルの王も、その点では同じだ。

氷河時代にはユーラシア大陸のほぼ全域に見られたが、現在では南シベリアから中央アジア、インド、ジャワ、バリ島までの森林や草原に棲む。シベリア原産のせいか暑さは苦手のようで、水浴を好み水泳は達者。幼獣の頃の木登りは上手だが、体重が増えると下手になる。でも追い詰められると、五メートルはジャンプして樹上に逃げたとの報告がある。

甲子園か西武球場でネコ科同士のタイガーとライオンとの闘いを「やらせ」たら、とのスポーツ紙の電話取材に、瞬発力の差だけトラが有利ですねと無責任な返事をしたことがあるが、野生でのこの取組は考えられない。アフリカ草原育ちのライオンは勿論、アジアライオンでも生息地域がトラと重なることはないということになっている。

朝鮮半島では「昔むかし、虎がタバコを吸っていた頃……」で昔話が始まると聞くが、アジアに煙草が伝わるのは十四世紀以後のはず、そんなに旧い昔ではない……と一瞬考えた自分の浅はかさを反省した。いいではないか、とにかく大昔、トラがどんな顔してタバコを吸っていたのだろう、楽しくも嬉しいおとぎ話の世界を楽しませてもらうことにした。

野生のトラにこれと言う天敵はいない。毛皮を狙う人間ぐらいのものだが、ウシやヤギなどの草食獣がいなくなれば姿を消し、時には餓死もする。トラは人も家畜の牛も襲わぬとされている。むしろ人間には恐怖を感じているかのようで、キャンプの横に静かに座り、ごく近くを歩き回り、何キロもトラに後をつけられたが、いつか姿を消した……つまり自分の縄張りの外まで人間を見送ったのではないかとの体験談も少なくはない。ただ、ヤマアラシの針が刺さるなどの怪我をしたり、年老いて獲物を捕れないトラが攻撃されたりすると凶暴な「人食いトラ」になる。人間や家畜を襲うことを覚えたトラは危険この上なしとされている。

中国大陸・朝鮮半島伝来の説話や教訓からの情報しかないわが国では、日本語のトラは「とらうるなり、人をとらゆる動物なり」（『日本釈名』）と説明されるが、中国では古来神秘な霊獣で「枢星散ジテ虎トナル」、その前身は大空の星と伝えられた。青龍・朱雀・玄武と共に、白虎は霊妙不可思議な「四禽」に数えられ、現在の中国語でも「老虎《ラオフ》」と尊敬のニュアンスを持つ「老」の字が使われている。

旧く紀元前八世紀の太公望呂尚の兵書『六韜《りくとう》』の内、秘伝「虎韜」から今日でも「虎の巻」という重宝な言葉が使われている。『史記』には、時の北平長官季広が狩の途中、叢に伏した虎に放った矢が矢羽根まで突き刺さったが、これが石だと判明した後、再び放った矢は跳ね返ったとあり、「精神一到何事かならざらん」の教訓を生んでいる。「三人市虎」の故事は、「街に虎が出た」と一人や二人が言っても誰も信じないが、三人目もそう言えば皆逃げ出すだろう、とのホウキョウと魏の恵王との対話。

この「韓非子」内儲説の一章を読んだのか、二千数十年の後ヒトラーは「同じ嘘を何べんも繰り返せば本当になる」との独裁者哲学を実践した。「両虎共に闘えば、その勢いともには生きず」、これはそのまま米ソ両首脳への年賀状に書き添えたい成句。

その他、「虎穴に入らずんば虎児を得ず」、「虎の威を借る狐」など強い・怖いの先入観からの故事成語が多い中に、トラの敵わぬものとして、泰山の麓で舅も夫もわが子までトラに食われたが、それでも「ここにはむごい政治がないから」と離村を勧める孔子に応じない寡婦の話。宋の蘇東坡の雲安地方での目撃談で、川辺で無心に砂遊びをする二人の子供がニコニコするばかりなので、あきらめたトラのほうが逃げ出す話などが、人間とトラの交流史の内容を深いものにしている。

わが国でも、四十年前まであった事実。出征兵士の安全無事を祈って銃後の女性たちが一人一針ずつ縫って渡した千人針に、「寅年生まれ」の女性だけは年齢の数だけ縫うことができた。トラは千里の彼方からでも必ず還る動物とされていた。藁をもすがる思いの留守家族の方々が、七十人分以上の赤い糸を布に通す頼もしい祖母の手元を見詰めておられたのを思い出す。私の祖母は紛れもなく寅年の生まれだった。勿論、私が奉公袋に入れて携えた千人針には祖母の七十数人分の赤い糸が通されていた。口には出し兼ねる留守家族の祈りの中に、最も東洋的な霊獣トラの存在感があった。

二度と繰り返すはずのない日々の記憶である。今年も、また将来いつまでも、良いトラの年でありますように。

（一九八六年一月）

兎《うさぎ》

兎の年なのでウサギの話。哺乳類齧歯目にはムササビ、リス、ネズミのような単歯亜目とウサギの仲間にだけ見られる上顎の門歯が二対の重歯亜目とがある。豪州大陸とマダガスカル島を除く全世界に約二十種のウサギが棲む、と少し古い文献にあるが、豪州では十九世紀初めに輸入されたのが野生化して、今では農作物の大害獣になっている。

ノウサギとアナウサギの二種があり、家兎はノウサギの野生化ではなく、地中海沿岸にルーツを持つアナウサギが元祖。地上に生み落とす子の生まれた時から目が開き、毛も生えているのがノウサギ、地中の巣穴で目も開かず丸裸のままで生まれるのがアナウサギ。

丸裸と言えば、例の因幡《いなば》の白兎。島に渡ろうとして、ペテンにかけたワニザメを怒らせて、丸裸にされてしまう。泣いているところに通りかかったのが大黒様。大黒様のおっしゃる通りに蒲《がま》の穂綿《ほわた》にくるまれば、たちまち元の白ウサギ……と教わった尋常小学読本の挿絵は、今思えばイエウサギだが、この種のウサギは天文年間（十六世紀前半）に南蛮から渡来したもので、その頃のわが神州・日本列島では見かけなかったはずの兎である。

典型的な草食獣で、古来肉食獣の餌になったり、人間どもに捕らえられたりの宿命から、必死に逃げる宿命を持つ。その生き抜く知恵に手こずる人間たちの間に、数多くのドラマを展開し、言い伝えや格言を残している。

仲秋満月の夜、振り仰ぐ月の中で兎が搗くのは中国では薬、わが国では餅である。不老の薬を盗み飲んだ美女の嫦娥（月の異名にもなる）の、身は月の世界に飛び込めたものの、天罰てきめん、そのまま死ぬこともならず、いつまでも月の中での独り暮らしを続けねばならない。その霊薬補給のために、せっせと天帝の命令で杵をとる兎だが、これは悲運の美女を慰めるためか、罰するためなのか、遙か彼方天界のことなので誰にも分からない。地上からは、今も仲秋の宵には月児爺（泥人形）を飾り、月《ユエ》餅《ピン》を供えて慰める。この風習が日本に伝わる時、天帝様の命令はそちらで、こちらはせめて餅を差し上げてお慰めしようと私たちのご先祖はお考えになったのに違いない。

天上世界とは別に、地上では人間サイドの勝手な見方で、生き抜くためウサギの知恵を、狡兎《こうと》つまり「ずるい」とか「悪がしこい」兎と呼ぶ話が多い。曰く「狡兎三窟」とは、隠れる穴をいつも、三つも用意して人間をたぶらかすとはズルイ奴。「狡兎死シテ、走狗煮ラル」は、獲物のウサギが捕まった後は、手柄を立てた猟犬はご用済み、煮て食べられる……ここでも何故か「ズルイ兎」呼ばわりである。

一方、「自分の巣のまわりの草は食べぬ」、「山一杯駆けるが、帰るのは元の自分の穴」とよく観察はしている。「兎を見付けて（追いかける）犬を探す」とか、北原白秋の童謡「まちぼうけ」の元祖「守株待兎」の教訓など、自らの愚かさを反省するのを忘れていない。

いつも身近に見る割には、あるいはその故か、ウサギの生態に誤解が少なくない。「兎は水を与えると死ぬ」というのは迷信。湿気に弱いのは事実で、足の裏がいつも乾いているのが健康の証拠だが、体内に水分が不足すると尿を飲むことも記録されている。耳がよく動くのも健康なウサギだが、耳を持ってブラ下げるなどは以ての外。動物園では「首筋に近い部分の皮のゆるみを摑み、片手を下にそえて抱く」よう子供たちに指導するが、最近では抱いた途端、その柔らかくてグニャリとしているのに驚いて取り落とす子が少なくない。

生きている動物はヌイグルミではない……それくらいのことは昔の子供なら知っていたのだが、草を与えていてウサギに指先を嚙まれる子供は意外に多い。子供の指先の柔らかさと草とのケジメがウサギにつくわけがなく、子供の反射神経が指を引っ込めるタイミングに合わぬのだ、と私のメモに残している。動物園ではライオンやゴリラが絶対安全で、怪我の記録はウサギなどの小動物に限るというのも十分に教訓的ではある。

古来、ウサギは人間世界の身近にいて、人間の生活文化、道徳教育に幾多の教材を提供し、教師の役を果たしてきた。拙稿のために資料を整理しながら「兎を得て、罠を忘れる」の愚を思い知ることのないよう、もう一度も二度も読み返さねばならぬ故事・名言が山ほど残っているのを痛感している。

（一九八七年一月）

龍《りゅう》

中国の古書に四霊とは麟、鳳、亀それに龍を言い、有鱗の虫は三百六十、その長が蛟龍とある。『述異記』に「蛟千年にして龍と化し、龍五百年にして角龍、千年で応龍となるが、さらに年を経れば黄色を帯びる」とあり、『瑞応記』には黄龍は神の精、四龍の長なりとなっている。

いずれ想像上の霊獣なので、古人もずいぶん無理して各種各様の龍を描いておられるが、共通なのが、角《つの》、鱗《うろこ》、髯《ひげ》、それに足の指が五本というあたり。『爾雅翼』に「龍に九似あり、角は鹿、頭は駱《らくだ》、目は鬼、項《うなじ》は蛇、腹は蜃《みずち》、鱗は鯉に似て、爪は鷹、掌は虎で牛に似た耳を持つ」とある。これだけでは説明不足、床の間一幅の掛軸をよく見てもらう他はない。

鯉に似たウロコだそうだが、鯉は三十六枚、龍は八十一枚のウロコを持つ。その中の一枚だけが、何故か喉下《のどもと》一尺四方の逆さウロコ、もし、うっかりこの一枚に触れようものなら、物凄い勢いで龍は怒り触れた者を生かしてはおかぬという物騒なもの。これが有徳仁慈の天子をも、突然憤怒・凄絶の形相に変える「逆鱗《げきりん》に触れる」、その逆鱗に他ならない。

龍が龍たる所以《ゆえん》の最たるものはこの「変わり身の激しさ」なので、鯉三十六枚のウロコは「易」で言う陰の数字の六×六、龍の八十一枚は陽の数字の九×九。陰から陽への変化を尊ぶ吉兆の数字という訳だ。鯉が滝をのぼって昇天する時、ウロコがたちまち増えて龍となる……素晴らしい東洋哲学のファンタジーではある。

だが、変わり身の激しさもほどほどになさらぬと、日照り続きの雨乞いが効きすぎて、一天にわかに曇って豪雨になり、これ以上降れば「民の嘆きなり、八大龍王、雨やめさせ給え」と歌人将軍・源実朝が身勝手な和歌で祈ったという史実も残す。

昨年（一九八七年）の夏に訪ねた中国南西部の秘境・雲南省の昆明郊外、少数民族の神話・伝説を秘めた天下の美湖「滇池《てんち》」のほとりで見上げた三〇〇メートルの絶壁の頂上に、小さく道教の寺院「龍門」が見えた。滇池の鯉はこの龍門をくぐって昇天し龍となったのだが、その近く石塞山遺跡から出土（一九五六年）した「滇王の印」は鈕《つまみ》が龍（蛇）のデザインの金印だった。それまでこの龍（蛇）の金印で発見されたのは、例の倭国・志賀島発光の「奴国王」のものが唯一の例だったので、反響を巻き起こす。

その後、わが友好都市広東省の広州市越秀公園付近出土の「南越王之印」に同じ龍（蛇）の鈕が見られるので、漢の天子が周辺蛮族の王に授けた金・銅印で照葉樹林・モンスーン地帯の稲作漁労民の首長に与えたのは「水の精」の龍ないし蛇のデザインのものだった、との伝えが実証されることになった。ちなみに、牧畜系諸族の王や族長には羊かラクダの、漢族の王には亀のデザインが授けられている。

近年特に日本文化のルーツとして注目を浴びるネパール・ブータン・雲貴高原・広西・広東を結ぶ照葉樹林地帯から、さらに南に延びるモンスーン地帯に共通の雨乞い、水まつり文化圏の神々のシンボルが龍や蛇である事実から、長崎おくんちの龍踊《じゃおど》りは勿論、わが博多の祇園山笠も、中国南部・東南アジアにかけての諸民族が今に伝える「水かけ祭り」と無縁ではない、との仮説が成立する。

一九七九年の秋、広西チワン族自治区の桂林で聞いた話。「桂林山水、天下ニ甲タリ」の美都桂林は、あまりの住み心地のよさにとぐろを巻いて動こうとせぬ二頭の龍のため、日照り、水枯れに連年悩まされていた。伝説の美女・劉三姐が三日三晩歌い続けた歌声は遂に天に届き、その歌声に魅了された二頭の龍は歌声を追って昇天した……その後ぽっかり空いた穴が、今立っているこの洞窟で「龍隠」と呼ぶ……と綺麗な日本語で話してくれたチワン族の娘さんは、どう見ても博多の街角で見かけたことのある女子高校生とそっくりの顔付きだった。

昔の滇国、今の昆明付近は人類が初めて稲作を行った地、わが故郷博多湾沿岸は、その稲作文化が日本列島に紹介された最初の地とは周知のこと。そう言えば、桂林でも雲南でも、中国とは言いながら、北方の北京・東北とはまるで異郷の、山々の緑、薄《すすき》の畦道、さらには農家のたたずまいまで、故郷福岡近郊の早良・糸島の山つき地帯の田園風景を偲ばせたことを思い起こす。

一九八八年は龍の年、年の初めに、改めて中国大陸以外で唯一の志賀島で発光の龍の紐の金印が語りかける壮大なロマンに思いを馳せることをお勧めしたい。

（一九八八年一月）

蛇《へび》

鼠・丑・寅・兎……と数えて一九八九年はヘビの歳。「巳《み》の歳」と書こうとして迷うのが「已《すで》に」、「己《おのれ》」それにこの「巳」の区別。それを覚えるならと「ミは上に、ヤムは既に半ばなり、オノレ・ツチノト下につく」との歌を最近教わった。「オノレは下に」とは十分に教訓的で、新しい年を迎えてひとつ利口になった。爬虫類トカゲ目（有鱗目とも）ヘビ亜目で、周知のスタイルはスマートだがグロテスク。下顎は特別の骨（方骨）を介して頭蓋骨と連結し、左右下顎の骨は前端の接合がなく靭帯組織で結ばれ別々に動く。これで自分の頭より大きな獲物を呑み込む。

動物園のニシキヘビは、鶏一羽を呑めば、あと一カ月は餌を与える必要がない、と説明すれば「羨ましい」とおっしゃる向きもあるが、ヘビは生きた動物でないと餌にならぬと続けると、実に不思議な表情で絶句なさる。

生まれたばかりのニシキヘビの子にガラス窓をコツコツ叩いて挨拶すると、カッと口を開けて私の人差指を威嚇するのには驚いた。私の小指よりも細い、卵から抜け出たばかりで、まだ何も食べていない（勿論母乳など飲まない爬虫類の子）子ヘビの「蛇は寸にして人を呑む」の気概を実感したことがある。

ヘビがトカゲと違う点のひとつが、六、七月の脱皮時に一続きの「ぬけがら」を残すこと。俳句季語で言う「蛇の衣《きぬ》」。思いもかけぬ山道で小枝に揺れもせずヒソとぶら下がっているのが俳人たちの歩を止めさせる。自然からの神秘な語りかけを見る思い……。この脱皮中の姿を目撃した人間が殆どいないのがヘビの神秘性を深めると聞いたが、私は動物園でたまたまニシキヘビの脱皮を観察している。でも、今のところまだそのバチは当たっていないようだ。そのニシキヘビの「ぬけがら」で約四メートルあるのを後生大事に持っているが、財布に入れるのには大きすぎるので、「ゼニが貯まる」と聞く弁天様の御利益はまだ頂けないでいる。

日本列島の各地で、弁財天の「使わしめ」にされたり、旧家の天井裏に居付けば青大将も家のヌシとして大事にされる。これは世界中での嫌われもののネズミが、大黒様のお使いとして、敬遠されながらも崇拝されるこの列島の風習と無関係ではないようだ。

キリストは敵対するパリサイ人たちの偽善や誤った信心が人々を破壊に導くと批判する時、「ヘビども、マムシの末裔たち」と呼んでいる。神の作った生き物で最も狡猾なもの、イヴを誘惑して禁断の木の実を食べさせ、人間苦の始まりを演出したのがヘビとされている。「マタイ伝」にある「蛇の如く慧《さと》かれ」の「かしこさ」も、豊かな知性が持つものには遠く「冷たい賢さ」のようだ。

その点、「生きとし生けるものの仲間」としてある時は拝みもし、また嫌いもして……例えば晩秋の庭の隅に冬眠のタイミングを逃がして、うろうろするヘビに「穴惑《あなまど》い」の俳句季語で親しく話しかけるなど人間味一杯の付きあいを持ち、更に霊獣十二支のひとつとして迎えてきたアジアの祖先伝来の「こころ」を誇りに考える。

熊野詣の帰途の青年僧安珍を狂恋の美女・清姫が蛇体に変身して日高川に追う凄絶な『道成寺縁起絵巻』には、五尋《ひろ》の大蛇のはずが「龍」に描かれていたり、「龍踊り」と書いて「じゃおどり」と読む長崎の伝統行事など、龍もヘビも同じものと扱われているのに、なぜ龍の次の年が改めてヘビなのかと、この拙稿を書きながら考えた。

古来、龍は雲を呼び雨を降らす農耕民族には掛け替えのない霊獣だが、二千年の昔を語る中国最古の地理誌『山海経《せんがいきょう》』にある蛇の役割は全く違う。曰く「恒山の大蛇は赤首白身、その音牛の如し、現わるればその邑《むら》大いに旱《ひでり》す」とあり、その他鮮山の鳴蛇、大葦山・渾夕山の蛇、いずれもその邑、その国さらには天下をも大いに日照りさせるとして歓迎されてはいない。

それでも『史記』の「三皇本記」が伝える人類文化開発の始祖・伏儀氏も女咼氏も共に蛇身人首であることから、ヘビが古代の人々の尊崇の対象であったとも言える。この矛盾を不思議がるより、一方には、南方諸民族の「水掛け祭り」に見る龍蛇混交の信仰の事実もあるのだから、古代民衆信仰文化史の深さ、複雑さ、神秘性と受け取る他はないようだ。

「黄帝紀元第七十九の己巳《つちのとみ》」の今年、悠久の昔から伝わる故事・説話に学び、先入観・既成概念再検討の正月にせよ、との弁天様のお告げと頂くことにしたい。

（一九八九年一月）

馬《うま》

『三国志』の英雄、蜀の将軍関羽は、魏の曹操が贈った名馬「石兎馬《せきとば》」に一鞭あてると一日に千里を飛ばすことができた。その関羽の部将で大力無双の周倉は、大刀を執ってその後に従いこれも日に千里、こちらは走ったというのだから凄い。気の毒に思う関羽は周倉のために千里の名馬を探すのだが、やっと手に入れたのは、名馬には違いないが、一日九百里のものだった。

それでは、お供の度に一日に百里遅れ、二日で二百里遅れるものだから（このへんから話が少しおかしくなる）、殿を見失っては大変と馬には乗らず、といって賜った名馬を捨てもならず、と迷ったあげく、手綱で馬の足を括って、これを刀の柄に掛け（！）肩にかついだまま飛ぶように走った（『笑府』より）。

午《うま》の年だから何か馬の話を、と探して見付けたこの話。例によって中国的大ボラと笑う前に、なんとも楽しい嬉しい話と受け取った。私の川柳の師・速水真珠洞氏がよく言っておられた「（騙すための）嘘は絶対許せぬが、（すぐ底の割れるウソ）法螺なら大いに吹け、そしてホラは美しく吹くものだ」とのご教示を思い出す。

古来、中国では「天を行くは龍に如《し》かず、地を行くは馬に如くはなし。馬は甲兵の本、国の大用なり」と伝承され、人々の生活に深く関わる伴侶として考えられてきた。諸橋轍次博士の『大漢和辞典』には馬偏の文字が五百二十字収録されているが、先生ご自身がその内で知っておられるか書物で見た覚えのあるので四、五十ぐらいだそうだ。その不必要と思われる漢字を省けば、省いたと言ってどこからか必ず苦情が出る……まあ漢字典作りの宿命でしょうと全部入れられたのが、この五百二十という数字だそうだ。それだけに、私たち漢字文化圏住民の言語生活を豊かにしてきた「馬」の存在感を知るというものだ。

万物が春から冬に至る季節の変化に従う状態を示すのが子・丑・寅の漢字で、数えて七番目の午は方角にして真南、北半球で太陽の高さがその頂点に達する時、つまり子の時から昇りはじめた「陽気」が頂点に達して「陰気」へ移ろうとする、万物成育の勢い最も盛んな時とされる。正午、午前、午後という今日に至るわれわれの日常生活に生きる文字がこの「午」。

当然ウマに関する逸話・格言・成語はゴマンとあって取捨に困るのだが、そのひとつ、「馬を華山の陽《みなみ》に帰し、牛を桃林の野に放つ」。周の武王が殷を滅ぼした時だから西暦前一〇五〇年の話。「今後二度と戦いはせぬ、平和に徹するのだ」と誓いを立てた武王は、すべての軍馬を華山の南麓に帰し、戦闘物資運送に働いた牛は桃林（函谷関の入り口）に放したと伝えられる。戦争の悲惨と愚を反省して二度と戦わぬ誓いは、周の武王三千年の昔からたびたび勝利者・支配者によって布告されたはずなのに、華陽に帰された馬の子孫はその後も繰り返し繰り返し召集された。そういう愚者の歴史を私たち人間は綴ってきている。

軍馬といえば、今の平和台球場外野席・鴻臚館跡は、かつて帝国陸軍終末期に私が厩当番として勤務した場所である。わが機関銃中隊には「馬は星を知っている」と言うはなはだ牧歌的な教訓があった。でも、その星があの夜空に見上げる星と違い、軍服襟章の哀れや一つ星、二等兵を示す星の数と気が付くのに時間はかからなかった。初年兵は勿論、学徒新兵の言うことなど文字通りの「馬耳東風」、いくら頼んでも聞いてくれはしなかった。

歩兵の、それも重機関銃搬送用には軍馬のうちでも一番程度の悪いのが回されていたのに違いない。前髪の赤いリボンに嚙みつく癖、たてがみの赤いリボンが新兵を前脚で抱き込むのが好きな馬、それに尻尾の赤は蹴るのが得意の反戦思想の持ち主。それぞれ要注意のリボンを三つとも可愛く付けた「物いわぬ戦友」たちは、私たち一つ星の厩当番を完全になめていた。

敗戦の年六月十九日の夜、厩当番勤務だった私は、焼夷弾の火が雨と降る修羅場と化した練兵場の真ん中で、退避させていた馬もろとも叢に叩き付けられた。連れの馬は放馬させ、見失ってしまった。

万死に値する大失策、天皇陛下からの預かりものを！　とのショックが、何よりもまず新兵私を打ちのめす……兵舎を嘗め尽くして巻き上がる紅蓮《ぐれん》の炎も、襲いかかるＢ29の波状攻撃の轟音も、何度も倒れ込んだ草いきれに噎《む》せた後で気が付くことだった。

ところがその悪夢の一夜が明けた朝、まだ湖面一杯に焼夷弾の油脂が黒煙を上げている大濠公園の、今の市民美術館の辺りで、あの「三つリボン」が私を見付け、「捜していました」とばかりにゆっくり近づいて来たものだ。見れば、前脚を引きずり血を噴出させている。水道管が破れ噴き出す水のように……。

隊長殿の命令で、三日二晩、一面の焼け野原に残された妙に静かな大濠公園の一隅で私は野宿、前脚からの出血多量で弱ってゆく「三つリボン」の看護に当たることになった。私はまず前髪のリボンから外してやった。郊外の油山中腹に転進（！）していた連隊本部と、全焼した兵舎跡との往復のたびに戦友たちはダウン寸前の馬に声を掛けてくれた。それが私の二十歳の夏である。

馬はやはり華山の南にあってこそ、ふさわしい。

（一九九〇年一月）

羊《ひつじ》

一九九一（平成三）年はヒツジの年。『史記』律書に、十二支の序列は万物（植物）育成の順序、子《し》の発芽から成熟・開花・結実・落花と続き、次の春を待つ種、つまり核（亥）で終わり、八番目の未《ひつじ》は「未は味なり」で成熟し終わって滋味生ずる段階とある。一方、中国文字学の古典『説文』には「羊は祥なり」とあり、「めでたいしるし」の最古の字形。鼠・牛・虎の序列がどうして決まったかは不明だが、とにかくヒツジは八番目なので、何の関係もない「未」が暦の時だけヒツジと呼ばれている。

当のヒツジには何の相談もなく、人間たちが勝手に「めでたい」だの「おいしい」だのと決めたのだが、日本列島の住民には縁の遠い動物だった。

推古天皇七年（五九九）に百済王から贈られた（『日本書紀』）のが始まりで、以来しばしばの渡来があったが、いずれも珍獣扱いだった。徳川将軍綱吉の十七世紀末に食用の緬羊《めんよう》が渡来したが、普及しなかった。それでも新しく開発した餡・砂糖などで作る棹物菓子を「羊羹」と名付け、「羊肉の濃厚なスープ」のように美味しい菓子と宣伝した先人のハイカラ好み、異国の珍味への憧れは今に伝わっている。

私たちの祖先は、見たことも味わったこともないこの羊に、漢字文化圏共通の人生哲学の教材として適当に付き合ってきた。霊獣として古代中国では祭祀のいけにえ

（犠牲）に欠かせぬもの。同じいけにえの牛が曳かれるのを見て、斉の宣王は「可哀相に、殺すのは止めろ」と叫ぶ。「では、血祭りのお抜いは止めますか」と問われて「いや、羊を殺せ」と、はなはだ勝手な名言を残す。この話を孟子は「王は牛を見て、未だ羊を見ざればなり」と、相手が王様なので中途半端な甘い批判に終わっている。

「未だ見ざればなり」で思い出すのが、動物園勤務の頃、山羊の柵の前で話をした幼稚園児のお母さん。「ほらウシよ」と教えていた。驚いて「これヤギですよ」と言えば、「山羊は白いんでしょ、これウシじゃないんですか、ヒズメも割れているし、ツノもある」。説明板には確かに「偶蹄目ウシ科」とあった。結局、動物図鑑などの知識だけで、ホンモノの牛を見たことのない方が母親になっておられたのだった。

今これを書いていて「夢じゃなかったか」と疑う思いだが、確かに聞いてメモに残した事実である。有益無益雑多な情報氾濫の今日、基礎的な常識に出合う機会を失ったまま、五十歩百歩の失策を重ねているに違いない私自身の反省にしたことだった。

逃げた羊を隣近所も総出で捜すが、見付からない。「数を頼んで捜し回り、帰一する大事なポイントを見失うから、迷路に踏み込むんだ」との楊子「多岐亡羊」の教え。また羊飼いのソウは「読書に夢中で」羊を逃がし、同僚のコクは「バクチに熱中して」これも羊を逃がす。原因に一見次元の高低があっても、羊が逃げた事実は消えない。亡羊の罪は同じだと叱られた話……など、中国古典に見る羊に関する教訓は多い。『聖書』にも五百例を数える羊の話だが、わが国生まれの話は全く無い。

わが博多の友好都市、中国の広州は「羊城」の別名を持つ。太古、五匹の山羊が五種類の穀物の穂・五穀をそれぞれ口にくわえて天から舞い下りた地が、今日の「食ハ広州ニアリ」の美味求真のメッカ・広東省広州市と伝えられている。

高温多湿の夏を持つ豊葦原瑞穂の地・日本列島には、羊の牧草にはならぬ伸び放題の固い雑草ならよく育つ。イングランドの羊飼いたちの退屈しのぎだった例の「牧草地の穴ボコに石を杖で叩き込む遊び」を真似るには、まずこの列島では除草剤を必要とする。それが今、各地で環境破壊の問題を引き起こしてもいる。

地球規模でのペレストロイカ、国際化・グローバリゼイションの時代思潮の今日、「異質文明伝達の霊獣」ヒツジの年を迎えた。適当に舶来文化と付き合ってきた祖先の英知に学び、この列島の風土が育てた生活哲学に即した形でこれに対応せねばならぬと考えている。良いことがありますように……悪いはずがない、一九九一年！

（一九九一年一月）

猿《さる》

サルは昔から山王の神（近江国比叡山東麓の日吉大社）の使わしめとして信仰のシンボルにされる他には、殆ど人間たちからその英知にふさわしい尊敬を受けていない。むしろ、数多い諺、言い伝えはたいてい「人間に毛が三筋足らぬ」との非科学的俗説からの蔑視が基本になっている。

「猿の療治」は傷などをつつきちらかしていっそう悪くすること、「猿の髭もみ」はシカトモナイ男が威厳を示したがること、「猿知恵」は利口なようで抜けたところあり……という具合。これに比べて「牛根性」と、無口だが確固たる意志を持つと褒められる牛とは全く対照的。これにはどうも、あまりにも自分に似ている行動様式からの身につまされる人間サイドの「近親憎悪」に近いものがありそうだ。

さらに、「猿に数珠」とはいつまでも数珠を繰っての果てしない愚行、「猿の柿あし」は短気で完成を待ちきれぬのたとえ。人間の柿の渋抜きを真似てはみるが、甘くなるのを待ちきれず途中で何度も噛み、欠いて台無しにする……など、人間にだけ見られる愚行なのに、その戒めを全部サルの行動に転嫁する失礼千万なこの浅はかな発想こそが、まさに「猿知恵」に他ならない。

「猿が稗《ひえ》もんだような顔」が、『ことわざ辞典』に「まじまじとした顔」と説明してあるがよく分からない。『広辞苑』にある「恥じず平気なさま」の「まじまじ」なら「しゃあしゃあとした顔」なのか、とにかくサルを一段低く見ている。

それでも、餅を貰えばすぐ食い尽くすので、貰ったものを右から左へハネゴシするのを「猿が餅」、つじつまが合わず滑稽な挙動に終始するのを「猿の狂言」、ちっとも似合わぬのが「猿の烏帽子」と並べてくれれば、意外に古人のサルを見る目の温かさを感じないでもない。

何か用がありそうなふりをして、実は何もせぬ横着者を「猿の空虱《からじらみ》」と言うそうだが、あれはシラミでもノミ取りでもない。サル仲間独特の親睦・コミュニケーション行動の「毛づくろい」で、私も動物園勤務の頃、アフリカ産のキロヒヒの当時世界中の動物園で最高齢の「ばあさん」によくやってもらった。手の甲から手首の毛穴（私の）を人差し指でつついては、あるかなしかの塩分（だそうだ）を爪先で掻き出しては口に運ぶのだが、その間、一言も喋らぬ真剣な顔付きは、彼女が完全に私をサルの仲間と認めていた証拠でもあった。

確かに人間はサルの仲間だが、それも特別の奇妙な存在。自らを「万物の霊長」などと自慢するような愚を平気でやるし、「文明」を創り「文化」を誇って、他の動物たちと差をつけたつもりの奢りと甘えの構造。そのブレーキが効かず、地球環境破壊の元凶となってさえいる。その癖、人類だけが永遠に繁栄するという保証も根拠も全く無いのに「自然を保護する」などとの思い上がり、その傲慢さが怖い。「人間も自然の構成員の一員に他ならず、すべての地球の生きとし生ける仲間と一緒にこの自然の中で生活させてもらう」、この種の視点が全く欠けている、と動物園の動物たちはみんな私に話しかけていた。

今、地球上にいる百九十種からのサルたちは、みんな掌の第一指（親指）が他の四本の並立した指と向かい合い、片手で物を摑めるという特徴を持っている。初春に雑煮を祝う究極の生活文化を開発した私たち日本列島の住人も、その縁起物の「くりはい箸」を握るのは第一指と向かい合う複数の指での……片手握り。その所作は紛れもなく哺乳類サル の仲間、ヒト科のものである。

正月は人間だけが持つ心機一転、新しい人生観を考える時。心ならずも自然から離れすぎた生き方に追い込まれている現代人の私たちに、原点に帰ってみろ……と一九九二(平成四)年の猿年が巡ってきた。十二年後の次の猿年がどんな生活環境なのか……とにかく、二十一世紀が進行していることは事実だ。

(一九九二年一月)

鶏《にわとり》

一八八三(明治十四)年に中仙道を旅した英人アーサー・H・クローは、「一つには血を忌む仏教の教義から、また一つはその優しい国民性から、日本人はトリを殺さず、卵を奪うことさえしない。鶏の多くは可愛いバンタム(ちゃぼ)種で、女性たちがいつもその羽毛を綺麗に手入れする。雄鳥は威張っている。ねぐらは屋根の上、決まった時刻に時を告げ、一家の時計となっている」と報告している。

鶏に限らず鳥類は空を飛ぶため大変な犠牲を払っている、と私たちトリではない動物の目からは見える。前肢を翼に変えて二本足になり、口から歯を除いて頭を軽くし、体を頑丈な箱に作り上げて翼の飛翔力が最大限に発揮できるようにした。だから他の動物たちのように歩く時体を軽くよじってバランスを取ることができない。その代わりに首を使う、つまり首を前後に動かす。そのうえ奇妙な習性があって、物を見詰める時必ず片方の目で見る。頭をかしげて食い入るように視線を固定する。だがこちらが睨み返さずに目をつぶってやれば、事態はそう悪くはならない。相手も普通、目をつぶってまたそっと開けて見ている。この挨拶が何度か繰り返されれば、この鶏との間に一応の了解コミュニケーションが成立することになっている。

鶏のなにか言いたい足づかい　（古川柳）

鶏は中国大陸では旧くから肉や卵が食用に供せられる他、羊や豚と共に宗教儀式に欠かせなかった。その血は信義を誓い合う士大夫の「血盟」に用いられ、骨は占いに使われている。夜の明け方に時を告げる習性は、旧くから、悪霊や邪心の跳梁する暗黒の世界を払い除けて暁の到来を告げる霊禽《れいきん》として東西を通じて重んぜられてきた。

新羅の脱解王（紀元前五七年即位）は、城西の始林に白鶏の啼くのを聞いてこの地を「鶏林」と呼んだ。以降、この鶏林が「朝の鮮やかな地」朝鮮半島の美称となる。

日本列島では古語でカケまたはニワツトリ（庭の鳥）と呼ばれた。神話に残る天照大神の天の岩戸隠れを迎える儀式に「常世《とこよ》の長啼鳥を集めて鳴かしめた」（『古事記』）など、東南アジア各地諸民族の数多くの説話と共通して、太陽の復活と再生を祈る役割を果たしている。

中国最古の詩集『詩経』（紀元前四七〇年頃の編纂、わが国の『万葉集』の約千年前）にも収録されているが、その多くが「鶏が鳴きます、朝ですよ」と夫を起こす新妻の話なのが嬉しい。当時の役所の仕事が始まるのが夜の明けきらぬ頃からで、その名残が「朝廷」の「朝」に残っているとされる。「まだ一緒に夢を甘《たの》しみたいのだけど、もう鶏が鳴きました。あなたの出勤が遅れたら、私が笑われます。だから、このところは我慢して……」と、これが「鶏鳴」。

さらに猟師夫婦の「女曰鶏鳴」には、まだ夜明けじゃあるまいと言う夫に、「鶏も鳴きました。起きて明けの明星を見ましょうよ。早く山野に出て鴨や雁を射ってください。獲物が多ければご馳走を作ります。今宵弾く琴も一段と冴えることでしょう。お友達をお連れなら佩玉《おびだま》でも差し上げましょう」と、これが二千五百年も前の庶民の暮らしの中の作品かと驚くほど美しく、健康で豊かな、働く人たちの愛情と純情が活写されていて懐かしくも羨ましい。

歴史は流れて、弱肉強食の修羅場や栄枯盛衰の世の姿を目にした春秋時代以降の人々の心情生活の複雑化、亡国の恨みや、自然のうつろいにも無常を嘆く感傷……などが文芸思潮の主流になるのはずっと後の話。人生謳歌の日々がそこにあった「詩経の世界」を人類が失って、もう久しい歳月が続いている。

新しい年・一九九三、酉《とり》の年を迎えて考えることが多すぎる。

（一九九三年一月）

犬《いぬ》・狗《いぬ》

食肉類に属する哺乳類のイヌ科はオオカミ科とキツネ科に分かれていて、家犬の祖先と考えられるのはオオカミ科、キツネとは関係ないのが定説となっている。因みに英語では、同じオオカミ科のタヌキをラクーン・ドッグ、つまり「アライグマみたいな犬」と呼び、欧米にはいない狸があちらでは犬同然の取り扱いだ。

「犬は人間の最良の友」とは人間サイドの勝手な言いようだが、事実犬の仲間の一部が人類との共同生活の道を選んだのは、どの家畜よりも早く紀元前八〇〇〇年、つまり約一万年前からとされている。

中国六朝時代（三世紀末）の文章家・陸機《りくき》の愛犬「黄耳《こうじ》」は人語を解するとの評判だった。陸機が京師から故郷への手紙を届け、その返事を貰って来るようにと言い付けた時、耳を垂れて聞いていた黄耳は往復五十日をかけてその使命を全うした。しかし、疲れはてた犬は帰宅してまもなく死ぬことになる。嘆き悲しんだ陸機が殯葬《ひんそう》したのが後の世まで伝えられて「黄耳塚」。陸機は愛犬家としての名を残す……私の知る最古の愛犬物語。だが、犬たちには気の毒な話で、あまりにもこの種の忠犬物語が多すぎて、しかも殆どが素直に美談だとは受け取れないのが困る。

狸や狐のように化けたり悪戯なんかをして人間とのコミュニケーションを計る話は

まずない。鶴や蛇のように美女に変身して恩返しを計ったり、素性が露見すれば、親しかった人間たちに見送られて幽幻の別世界に姿を消す……その種のメルヘンチックな説話も探してみるが、今のところ私の資料収集能力では見当たらない。あるのは、花咲爺さんに「ここ掘れ、ワンワン」と裏の畑で鳴くポチや、キビ団子を貰って桃太郎の鬼が島征伐のお供をしたり……ひたすら、人間たちの「お役に立つ」ことばかりなのに驚く。

その割には、人間たちから感謝ないし尊敬を受けることが少ない。例の「犬死」など、「犬」の文字が良い意味で使われることはまずない。「犬の論語」は何の効果もないこと、「犬の川端歩き」は奔走しても何の益もないこと、「犬侍」も褒め言葉ではない。「犬牙差互《けんがさご》」で物事がチグハグなさま。これは肉食動物の特質で臼歯などがなく、歯並びがよくない（と人間が思っている）からで、犬たちの罪ではない。

正月らしい話を探せば、イロハ歌留多の「い」、これも「犬も歩けば」ロクなことはない、動き回れば「棒に当たる」災難。

古川柳に「犬を追う棒は投げるが仕舞なり」とあり、戌《いぬ》年生まれの将軍綱吉の盲信から出された古今東西に例のない悪法「生類憐れみ令」の恨みから、江戸庶民に歌留多のいの一番で敵討ちされたようなものだ。これも犬にとっては迷惑な話。

もっとも最近、「何か思い切って始めさえすれば、きっと良いこともある」との逆転解釈が生まれて、案外支持率も高いと聞けば、まだ救いがあるというものだ。

私の貧弱な旅行メモの中で犬が尊崇の的になっている所が唯一つ。数年前訪ねた中国南西部、雲貴高原の昆明郊外・滇池《てんち》の湖畔で聞いた話。飢えに苦しむ地上の人々を救うため、天帝が各種の動物にそれぞれ各種の穀物の種を持たせて降下させるが、途中で雷雨に遭い、暴風雨に妨げられてことごとく失敗する。ただ犬だけが健気にもこの風雨を衝いて、くるりと巻いた尻尾にイネの種を後生大事に隠し持ち、ついに着陸に成功したのがこの辺り。だから土地の人々は犬を賢い勇気のある「神の使い」として崇め、またそれ故にイヌの肉を、感謝しながら美味しく頂いているのだそうだ。

この三国一の美湖の付近が人類稲作文化発祥の地とは事前に教わっていたが、そう聞いても、龍門を目指す西山の登り口、赤犬の遊んでいる赤煉瓦の小飯店で出された不思議な美味しさの白い肉は素直にノドを通るものではなかった。前日、昆明の中心街で雑踏の中で見た飯店の「鮮狗」の張り紙のショックがまだ残ってもいた。

「では、『羊頭狗肉』というのはここでは全く反対で、羊がまずくて、イヌが美味しいんだね」と念を押すと、同行の漢族の青年・劉偉荘君が実に嫌な顔をした。後で「神様の使い」だから絶対に犬の肉は食べないとする部族もこの高原各地に結構あると聞いて、何故か安心もしたのだが、とにかく世界は想像以上に広い。

一九九四年・戌の年はこの「価値観の多様性」を考える年と決めることにする。

（一九九四年一月）

落ち穂拾い

＊以下は「人類愛善新聞」（天声社・人類愛善会）一九九三年に掲載

服務第一

六年も前、初めて訪れた中国遼寧省大連市。その中心街中山路にある「秋林公司」は、五十年も前の「大連三越」の建物がそのまま服務（サービス）水準と経営効率抜群の先進単位（模範職場）の称号を持つ第一級のデパートになっていた。

六階の総経理室に上がるのにエレベーターに乗ろうとして断られた。客用のエレベーターは無い。服務員（従業員）専用だけなのだそうだ。お客には階段を歩いてもらって店員だけがエレベーターを使う……。これが「サービス最高」と聞くデパートなのかと驚いた。

でも、事務室に用があるのなら別だ、と乗せてもらうことが出来た。なるほど、従業員だけのすし詰め、しかも昼食時なので、おいしそうな匂いの、日本で言うなら中華丼を両手で捧げ持つ娘さんもいる。

事務室には、サービス抜群、つまり「服務第一」と染め抜いた赤布に金文字の旗や表彰額が所狭しと飾ってあった。あまりのことに、「お客は歩かせて、従業員だけでエレベーターを独占する、それでサービス最優秀なのですか。日本では考えられないこと」と聞いたところ、相手のほうも驚いた。

「せっかく買い物に来たお客に、何故そんなに急いで上がったり降りたりしてもらう必要があるんですか」と総経理氏に逆襲された。つまり、ゆっくりショッピングに時間を掛けて店内を見て回られるように配慮するのが服務、お客の世話のために急いで行き来するのは従業員、エレベーターはそのためにあるのだ……そうだ。

ゆったり幅が取れている階段を人々の波にもまれて降りながら考えた。

エスカレーターの新設など、店内が改装されるたびに、だんだん隅に押しやられて狭くなっている私の街のデパートの階段……。確かに昔はこれくらいの広さとゆとりがあった。それにしても何故！　そんなに急いで上がったり降りたりしているんだろう……私たち。

ところで、この感銘を受けた中国民衆の暮らしの哲学を報告したところ、「やっぱり中国は五十年は遅れているんですね」、「理屈をつけるのが上手いですな、中国官僚主義の連中」との感想が意外に多かったのには考えさせられた。

（二月一日）

視線

福岡の動物園では、カバ（河馬）は私たち飼育陣が見下ろす低いプールで泳いでいた。高い場所から、いくら「おいで、おいで」と手招きしても、決して振り向きもしないカバだが、低いプールの縁まで降りると、ツーッと一直線にやってきて、大きな口をあけて私にあいさつをしたものだ。

そこで、ほっぺたを両手で軽く叩いてやると、喜びの仕草、水中でんぐり返りをして見せてくれる。カバがヘソまで見せて表現するこの〝安心と信頼〟は、ちょうどペットの犬や猫が飼い主に甘えて、仰向けになりじゃれるのと全く同じである。

幼稚園の先生方がそれを見て、これは幼児教育でまず最初に教わる「子供と同じ目の高さでの対話」に他ならないと感心しておられた。私たち人間が教科書で学ぶコミュニケーション理論を動物たちが見事に自然の行動の中で教えてくれている……ということになる。

インドゾウの運動場の人止め柵をわずか三〇センチほど後退させて観客との距離を拡げたところ、いつも鼻を左右に振って愛嬌を振りまいていたゾウがその鼻振りをやらなくなり、観客の前から離れたずっと後ろの場所で、追っかけっこしたり、水を掛け合ったりして、いかにもリラックス、見違えるように動作が活発になり、お互いに楽しんでいるようになった。

愛嬌もののゾウさんがお鼻振りふり可愛いな、と童謡にまで歌っていたのは人間サイドの勝手な思い込みに違いなく、ゾウにしてみれば、連日、入れ替わり立ち替わり目前に現れる得体の知れぬ一種の動物・ニンゲンへの警戒心からの仕草だったと気付く。

相手の立場（生活文化）の尊重……それが異質文化の人たちとのコミュニケーションの基本だと聞いてはいたが、それをゾウから教わったとは、目からウロコの落ちる思いをしたことだった。

「万物の霊長」と自らを呼び、文明・文化の開発で他の動物たちと差をつけたつもりの私たち人間が、これら野生動物たちには当たり前の〝生活の知恵〟を、今や手引書無しでは体得できず、愚行の数々を重ねていることを反省する。

第一、自分で「自分が一番偉い」と自慢する人にロクな者はいない。

他の動物たちを見下げるのではなく、むしろ見上げた視線で、謙虚に同じ眼の高さで語り合い、学ばねばならぬと考えている。


（四月一日）

さくらんぼ

三年ばかり前、エスペラント仲間のリレー接遇を受けながら日本列島縦断旅行を続けていたモスクワ高等音楽学院の女性教授ガリーナさんとエレーナさんを福岡にお迎えしたことがある。

即席の歓迎コンサートの後、アイスクリームのサクランボをつまんだガリーナさんが、「さっき私が歌った『チェリーゾ』（桜）」と言うので、「いや、あなた方が日本語で雲か霞かと歌った桜はこれと違う。これはサクランボ」と説明したところで話が展開した。

結局、あちらでの桜は、日本列島なら東北・山形辺のサクランボの実る桜桃のことで、例のチェーホフの戯曲『桜の園』にしても、実は没落するロシア貴族の最後の財産〝果樹園〟が売りに出される話だと教わった。ソメイヨシノが満開の舞台背景だった気がするのは、九州のサクラしか知らない私の思い込み、錯覚だったようだ。

映画『ひまわり』のロシア戦線で失踪した夫を捜して回るソフィア・ローレンが走る広大なヒマワリ畑のシーンも、その油を採り、食料として生産する畑なので、「観賞用の花に広い畑を使うほど、私の国は豊かではありません」とエレーナさんに決め付けられた。

何十億円で落札されるゴッホの絵、敗戦のあの暑い夏の日を思い起こす……それくらいが私の連想の及ぶヒマワリで、あの美しいヒマワリ畑がロシア農民の辛苦の汗の跡など考えもしなかった、と私は白状した。

（五月一日）

東欧バルカンから

紛争の行方が一向に定まらず、混迷の度を深めるばかりの東欧バルカンの地、クロアチア・ザグレブ市のエスペラント文通友達スポメンカ・シュテイメッツから月に二、三通は手紙が届く。

最近のもので、「同封の写真は避難してきた叔母の従弟の子。父親はクロアチアに住むセルビア人で、母親はモンテネグロ人。戦争の初めに父親はドイツに逃げて、そこで『労働許可書なし』で働いている。家族への送金のためと、どちら側とも戦わなくてすむように。でもその父親が帰ってきたら問題。というのは、何故彼が家に残ってセルビア人と戦おうとしなかったのか（彼はセルビア人なのですよ）という理由で、クロアチア人たちが罰するのは目に見えているから」と書いている。

超大国間のいわゆる「東西融合」が皮肉にも引き起こした欧州各地での民族紛争と経済生活の崩壊などは連日報道されているが、そのマスコミが伝えぬ草の根の処で懸命に生きている人々にも、時には思いを致して頂きたい、超大国のマスメディアが演出するニュースばかりが世界ではないと訴えたい……とのメッセージは、「昨日、一日に七回防空壕に駆け込みました」とある同じ手紙で読むだけにいっそう胸を打つ。

一九八八年の夏、彼女は二カ月間の日本列島探訪旅行をしている。その時、「ユーゴは多民族・多言語、それに幾つもの宗教の共存する国だが。〝お互いに助け合って、貧しくとも心豊かな平和の国〟であることを人々は誇りにしている」と話していたし、私もその訪問記の日本語版でそう解説していた。

その拙訳の出版が一九九一年の初夏で、ちょうどその六月にクロアチアのユーゴ離脱と独立の宣言、合わせて驚天動地のバルカン情勢の大変化、修羅場の出現となろうとは……二人とも夢にも思っていなかった。

この見通しの甘さは、おそらく紛争の初期にドイツに逃げた例の父親もそうだったのだろう。戦局が一段落したと思う頃、弟君に召集令状が来ている。その向こう側セルビア軍陣営には、子供の頃から一緒に遊んだ従弟が銃をこちらに向けているはず。母親の妹が二人ともセルビア人と結婚しているからで、その叔母たちの母親であるお祖母様は心労のあまり、寝込んでしまわれた……とのこと。

「しずごころなく花の散るらん」などと嘯《うそぶ》いてもおれぬ……私なりの緊張感を味わいながら見送った今年の春だった。

（六月一日）

水の音

前に、俳句を英語に翻訳するアメリカ人の先生を手伝った時の話。「……で、その池に飛び込むカエルは一匹か二匹以上なのか」と聞かれたものだ。

英語は名詞が単数か複数かいつも考えておかねばならぬ厄介な言葉とは知っていたが、この場合のカエルが複数なのかとの質問には驚いた。

想像もしなかった質問で、カエルがぽちゃんぽちゃんと次々に飛び込んで、なんの侘《わび》なものか、寂《さび》なもんですか！　一匹だからこそ飛び込んだ後の波紋が拡がるしばしの間の、更にその波紋が収まる後の、前にも増しての静けさ……と説明しながら、これだから異国の人にわが国特有の短詩型文学ハイクを説明するのはどだい無理なのだ、と嘆いたことだった。

ところが、これが完全な私の「思い込み違い」と知ったのはずっと後のことで、愕然とわが身の教養不足を恥じ入ることになった。

芭蕉の弟子の各務支考《かがみしこう》の俳論集『葛《くず》の松原』が残すエピソードに「弥生も名残の頃にやありけむ……池に落つるカエルの音しばしばなれば」とあって、「『かわず飛び込む水の音』の一句を得たまえり」と続いている。

「しばしばなれば」だから当然一匹ではなく、一匹がジャンピングを繰り返すのでもないだろう。しかもその「かわず飛び込む水の音」の上《かみ》の句を何と付けたらよかろう、との参会者一同の趣向（アイディア）競べに話が展開しているではないか。

ただ一人、雑草に覆われた古池の傍らに佇む俳聖芭蕉、突然水の音がしてその「しじま」が破れ……またもとの静寂に戻る！　これこそ侘の極致、寂の境地……とは私の勝手な思い込みだったようだ。

実際には、俳諧仲間一同でにぎやかに句作のアイディア比べを楽しんでいたということになる。この時、「山吹や」かわず飛び込む……とつけた宝井其角《たからいきかく》の案は師匠の「古池や」に押されて（勝ちを譲って？）日の目を見ないことになる。

もともと「俳諧」の漢字には「俳」も「諧」も楽しみ、遊び、更には「ふざける」の意味があることを知った。

おそらく芭蕉本人も、この句が後に日本文学を代表する名作になるとは思いもしなかったことに違いない。

勝手に思い込んでいた私の先入観とこの早とちり……意外にいろいろな時と場所でこの種の恥ずべき愚行を繰り返して来たような気がしてならない。

（八月一日）

ラオスからの手紙

東南アジアの国ラオス、その首都ビエンチャンからの初めての航空便が届いた。今年の夏、アジア・太平洋子ども会議で福岡に来ていた、この九月で十二歳になるジョイちゃんと呼ぶ女の子からのもの。開封してその簡潔できれいな英語の紙面を前にして考える。

シャペロン（引率・世話係）の先生に聞いて驚いたのは、「日本では母国語（日本語）で大学まで授業が行われている、羨ましいかぎり」との発言だった。ラオスでは「初等教育以後は全部フランス語」との説明に絶句する。昔、仏領インドシナと呼ばれた地域とは承知していたが、今も当時の宗主国フランスの言葉で数学も歴史も社会科も授業が行われていることには思いが及ばなかった。

更に、「私の国でも高校以上の教育には英語で、共通語のタガログ語で講義する大学はない」と若いフィリピン人のお母さんが口を挟んだのには、「ほんとォ！」と思わず日本側の母親たちの口から出た。とすれば、この子十二歳、すでに中学進学のためのフランス語の取得はしているはず、その上でのこの見事な英語なのだ。発展途上の国々の少年少女たちのこの種の苦労をまるで考えてもいなかったことが恥ずかしかった。海外の数カ国にエスペラントによる文通友達がいるので、少しはマシだと思う私の「コクサイ感覚」はこの程度のものだったのだろう。

今年一月に昇天なさったエストニア（旧ソ連・バルト三国）の女性詩人アントニーナ・アポロさんは、十六年間のシベリア流刑生活の間に覚えた見事な日本語で「ご静聴有難うございました」と、長いエスペラント文の手紙を締めくくって私を驚かせた方。

この方、八十四年の生涯で日常用語としてエストニア語の他にロシア語・シベリア各地の民族語、作品発表のためには英・露・仏などの言語大国の言葉を使うのを余儀なくされていたが、日本人の殆ど全員が英語を使えると信じておられた。

私の実情説明を信じようとなさらぬ理由は、「一〇〇％に近い就学率の義務教育で、子供たちはみっちり三年間英語を学習している」と、どの日本紹介にも書いてあるとのこと。文部省か外務省か知らぬが、「学習三年間」の重みが世界各地の言語弱小国の人々と雲泥の差ということを無視した誇大ＰＲに、それ以上付け加える勇気は私にはなかった。

また、前にテレビ番組でご一緒した女子大生たちが「フランス語専攻といっても、私たちのは教養程度ですから……」との発言を思い出す。もちろん謙遜なさっての言葉だが、「だから、役に立たない」という意味で了解するこの文化大国日本語の「教養」についても考えた。

（十月一日）

千杯少《チエンベイシャオ》

昨年秋の韓国・大田《テジョン》での韓国エスペラント大会で、同行の細君が文字通り粗品のシャープペンシルを親切に世話してくれた女子大生キム嬢にお礼として渡したところ、「アイゴー、これ私に下さるの」と喜んでくれたが、この〝アイゴー〟という韓国語の感嘆詞が「まあ、うれしい」との喜びの表現とは私の全く知らぬことだった。むしろ、「哀号」の漢字で「悲嘆・痛恨・号泣」を意味すると承知していた。この思い込みは私だけでなく、帰国して確かめた私の周辺の日本人が全員、「喜び」の表現でもあるとは知らなかった。

　このことを大田エスペラント会のイ・オクオン先生は、「日本語でも、〝よく出来た〟とほめる時の〝天晴《あっぱ》れ〟も、悲しい時の〝哀れ〟も、同じ語源の『あはれ』じゃありませんか。朝鮮の人々も、『喜怒哀楽』いずれも感動する場合に〝アイゴー〟と叫びます」と見事な日本語で説明してくださった。

　では、この感嘆詞の「喜び」の面が私の辞書になぜ欠落していたのか。それは、この隣人との付き合いで、思わず「やったあ、嬉しい」と手を取り合って喜ぶという場面が今まで皆無で、号泣・悲鳴・苦難という「忍従」のイメージだけをこの言葉から受けていたからと気付き、申し訳ないと恥じ入ったことだった。

後に京都・亀岡市での日本エスペラント大会で、初対面ながら忽ち意気投合、「酒逢知己千杯少（気の合う友と酌む酒なら千杯でも多しとしない）」と、酒の苦手な私が焼酎を酌み交わした韓国のソウル・エスペラント文化学学院院長の姜鳳吉《カンボンギル》先生の場合のように、対等の目線で語り合うことが必要だ、と痛感した。

この「千杯少」を教えてくださった中国広東省・仏山市の市長さんは、その対句として「話不投機半句多」、つまり「話の合わない相手なら一言の半分でも多すぎる」と付け加えておられる。

その姜先生からこの秋九州を襲った連続台風の見舞状を頂いた。その中に、終戦直後の一九四五年の夏の末に九州で体験した大津波と台風の惨状を書いておられる。

当時、帰国の船を待つ韓国出身の学徒兵たちは、大分近辺山中の仮兵舎が真夜中に倒壊する恐怖と津波に破壊された町の残骸の目撃を体験している。日本人の私のほうは年表で確かめて思い出す死者・行方不明三七五六人を出した同年九月の枕崎台風だが、姜先生にとっては、その直前まで日本陸軍の少年航空兵だった身の、解放されて祖国への復員を眼前にしての体験だけに、今でも鮮明に記憶しておられるのだった。

同世代のアジアの青年たちのことに思いを致すことが少なすぎたことを痛感する。かつて「半句多《パンジユドウオ》」の悪夢もあった隣国同士だからこそ、姜先生に「いい言葉ですね」と気に入ってもらった「千杯少《チエンペイシヤオ》」の三文字を改めて噛みしめる。

（十二月一日）

あとがき

ここに収めている拙筆数編は、一九八三年から九〇年代にかけて、郷土月刊誌、全国版月刊情報誌、新聞などのコラム欄への執筆依頼を、成り行き上、非才をも顧みずお受けしたものです。

一九八三年といえば昭和の五十八年、私の年齢も五十八歳。福岡市職員としての定年退職期、短くもなかった「宮仕え」も「大過なく」終えようとしていた時でした。以来、気がつけばいつしか、書き続けた雑文が塵も積もればの小山となっていました。馬齢を重ねて八十歳を超えた今、散逸亡失するに忍びず整理することにしたものです。

整理をしながら気になったことは、第三編の「寝牛虎鵜物語」に登場させている十二支の動物が「猪」から始まっていること。一九三〇年創刊の郷土誌『博多のうわさ』の主宰・畏友寺田隆弘君の依頼で、同誌新年号の読み物に当時動物園勤務の私がその年の「えと」（猪）を書いたのが始まりで、以後十二年間、同誌新年号の巻頭エッセイを飾らせてもらったものでした。順序が「亥・子・丑・寅……」の順になっているのはそのためです。

万事がこの調子で、ここに羅列した拙作の数々は、作者の性格そのままに、無計画な、その時まかせの「ま、どうにかなりまっしょ」的無謀な執筆姿勢の結果とも言えます。文中にご登場いただいた方の年齢・肩書きなども執筆当時のままであることをお断りしておきます。

辛抱してお目通し下さる諸賢のご厚意にお礼を申さねばなりません。

二〇〇六年秋

森　真吾

森　真吾（もり・しんご）　1925（大正14）年２月３日，福岡市生まれ。1944年９月，（旧制）長崎高商（戦時繰上げ）卒業。45年12月，復員。50年１月より福岡市職員。85年３月，動植物園長（８年間）を最後に退職。現在，日本ペンクラブ〈随筆・翻訳部会〉会員，世界エスペラント協会・日本エスペラント学会の会員。福岡市在住。
著書に『パンダの昼寝』（葦書房），『動物園の四季』（日本図書刊行会），訳書に『弔銃 ── 戦火のクロアチアから』（海鳥社），『クロアチア物語 ── 中欧ある家族の二十世紀』（日本図書刊行会），『亡命 ── 女優ティラ・ドリュウの場合』（新風社），『エスペラント感情旅行 ── 出さなかった日本便り』・『リエカの耳飾』（以上，エスペラント伝習所・福岡）他（いずれもクロアチアの女性作家スポメンカ・シュティメツのエスペラント語作品）

黄砂《こうさ》ふる街《まち》

■

2006年11月27日　第１刷発行

■

著者　森　真吾

発行者　西　俊明

発行所　有限会社海鳥社

〒810-0074 福岡市中央区大手門３丁目６番13号

電話 092(771)0132　FAX 092(771)2546

http://www.kaichosha-f.co.jp

印刷・製本　有限会社九州コンピュータ印刷

ISBN4-87415-602-9

［定価は表紙カバーに表示］